A Geneviève ERNOUF, ma femme, partie trop tôt

et à Miwako, ma soeur bien aimée

# 最初の日本人

# 目次

写真／カバーと表紙——フランス ブルターニュ地方サン・マロの海岸
本扉——サン・マロの湾上に浮かぶ島 モン・サン＝ミッシェル
撮影／ジュヌヴィエーヴ・エルヌフ

# 最初の日本人

一

「物語はいとも簡単なのだが　問題は非常に複雑なのである」
重罪法廷は　四角の大部屋で　茜色の壁は　血で塗られたかのようで　人の気を滅入らせた。裁判長は　赤い法衣と黒い羽織を纏い　上座に座り　左右に裁判官が一人ずつ　黒衣を纏って座っていた。一段低い　左右の席には　陪審人が　ジャンパーや赤シャツ姿で　三人ずつ並んで座っていた。裁判長は開廷を宣言した。背後から　秘書らしい女が現れ　一礼し　起訴状を読んだが　十秒と掛からなかった：〈……殺人罪として起訴する〉
とつぜん　場違いの作業服の　二人の男が現れた。二人は　監視ヴィデオを　映写機に付け　撮られていた像を　法廷で流した。
像の中で　ヤマトが花束を持って　部屋に現れ　花束を枕机に置き　寝台の傍に座った。花束は真っ青なアジサイで　寝台には　オードが上を向き　横たわっていた。ヤマトは　立って戸に近づき内から鍵をかけた。それから　真っ青なアジサイの束から　花びらを　一枚ずつ千切り　寝台を飾り始めた。そんな動作に　音が立たないのが　奇妙に滑稽で　無声映画の時代の　喜劇を思い起させた。映写の後　小柄な女守衛が　法廷に現れた。彼女は　揃いのカーキ色の上着と　スカート姿　GI帽を斜めに被り　被告席の方へ歩いていった。被告席は　ガラス張りで隔離され　その中に　成り行きに取り残されたように　ヤマトがぼんやり座っていた。女守衛は　そこからヤマトを連れ出し　証言台に導いた。ヤマトは　そこに子熊のように　丸くなって蹲った。裁判長は低い声で呼びかけた。

「ムッシュ　ニユキ。ヤマト・ニユキ　これから尋問を始めるが　被告は　真実を述べると宣言せよ」

ヤマトは　反応しなかったが　裁判長は　少し待ってから　穏やかに言った。

「右手を挙げ　〝それを誓います〟と宣言せよ」

ヤマトは　証言台の手摺を掴んで　立ち上がり　両手で何かを描きながら　ものを言おうとした。だが　開いた唇が震えだし　瞼から　涙が迸り出て　体の全体が震え出した。ヤマトは　手摺にしがみついたまま　動かなかった。

老齢の　官選弁護人が　机を支えに　やっと立ち上がって　メモを読みながら無感情に宣言した。

「被告は　自分の行動は　愛情と憐憫の情から発した行為で　殺人の意思からやったものではないと言う積りでした」

更に　老弁護人は　付け加えた。

「被告は　理髪店で働き　次に料理人になり　貧しい中からも　税金もちゃんと払って参りました」

ヤマトは　老弁護人の介入で　自分を取り戻した。
「日本人　手を使って話すん」
そして　右手を斜めに　強く打ち下ろした。
「俺の仕事　人殺すんじゃないん」
法廷の中で　ウーっという唸りが起こった。原告の　反安楽死協会の弁護人は　びっくりし　黒い法衣を翻して立ち上がり　ヤマトを宥めるように言った。
「しかし　人の命を弄んではいけない。人の命は　生まれてから消え去るまで　それと遊んではならない……　例え　相手の命が　最期の灯火の状態であったとしても！」
ヤマトは　その説教が判らず　ただ　顔の前で右手を　左右に大きく振った。
「盗み　一度もないす」
それから　顔を俯かせたまま　口の中で　憑かれたように　言い続けた。
「でも俺　オド　好いて好いて　オド　俺の妻　俺の　俺の……」
それから　言葉を見つけて　やっと言った：〈誇りだったんす〉
若い女性が　老弁護人に呼ばれ　証人台に上った。
「私は　マリー・ド・モンジュ　オードの姉です。オードは電話で　〝行ってしまいたい　早く死にたい〟と繰り返し言っていました。医者によれば　ガンは既に二年前から　オードの体中に広がっていたのです。オードは瀕死の状態で　消えかけていました」

次に　中年の女性が　証人台に立った。

「私はマダム　ド・モンジュ　オードの母親です。両親が　その愛娘を失った時は　例え勘当した娘でも　その娘を愛してくれた人なら　どんな人でも許す事ができます。そんな時に　私の家族と関係のない　全くの他人が　そして彼等の作った法律が　その人を罰する事ができるものでしょうか？」

原告側の弁護人は言った。

「愛の犯罪は　例え　世界で最も尊い愛情と　深い思いやり　それに動機づけられていたとしても犯罪の一つである事には変わりないのです」

それから　掘出し物を誇るように　付け加えた。

「被告は　商人としての滞在許可書を貰って　商売を始めました。しかし仕事がなくなり　商人ではなくなった今では　不法滞在者に過ぎません。しかも　被告は日本人です。私の知る限り　日本は政治も経済も健全で　被告には　政治避難民の資格も　経済避難民の資格もなく　この国に滞在する事はできません」

老弁護人は　立ち上がって　弱々しく言った。

「被告は　懸命に働いて　いつも　ちゃんと税金を払い　市民の義務を果たしてきました」

法廷検事は　赤い法衣を揺らして立ち上がり　前に垂らした　白い襟巻を撫でながら法廷を脅すように言った。

「もしこの件で　無罪を言い渡せば　安楽殺人を　積極的に合法化する事になりますぞ!!」

そして　喉を鳴らしてから　得意そうに　傍聴席を見回して　太い声で言った。

「私は　市民の代理人として　執行猶予付き　一年半の刑を要求します」

裁判長は言った。

「被告は　最後に何か　言う事があるか」

ヤマトは　何の反応もせず　代わりに　老弁護人は机にすがり　やっと立ち上がって言った。

「被告に代わって申します。被告は　申したい事は　全て申しました」

裁判官たちは　赤と黒の法衣を翻して立ち上がり　背後の戸から　聖人が行進するように　法廷の幕裏へ消えた。次いで　陪審員たちも　幕裏へ消えた。

二

パリの北　数十キロの所に　深い谷間が　巨大な墓穴のように掘られ　南から北に延びていた。両側は　六十度の斜面になり　セメントで　隙間なく固められ　雑草の陰りも見えなかった。谷間の底は　高速道路になり　南側の奥に　トンネルの出入口が　六つ並んで見えた。
右側の　三つの車線では　時おり　酔ったような車が　速度に揺らぎながら　トンネルに吸い込まれていった。左側の　三つの車線では　車の列が　数珠みたいに繋がり　トンネルから吐き出されてきた。ゴーゴーと　腹に響く地鳴りに乗って　無機的な　ガソリンの臭いが　谷間に立ち込めた。谷

間は　北上するに連れ　徐々に　地上に上っていき　セーヌ河に沿って伸びていた。
　六月の空は　紺青に冴え渡り　空深くに　飛行雲が三つの白線を作り　交差しながら伸びていた。
地平線から　轟音が近づいてきて　飛行機が　トンネルを掠めて下降し　そのまま見えなくなった。
谷間では　生き物は影を隠し　代わりに　魂のない無機物が　生き物のように動いていた。
　とつぜん　車の地響きに乗って　女声が響いた‥〈ヤマト　森が見える！〉――その声は　深くて粘りがあり　地響きから浮き出て　冴えわたった――それは　肉食人種の声に　違いなかった。
　トンネルに沿う　緊急用の通路から　女が現れた。女は　立ち止まって　荷物を置いた。荷物は形のない大袋で　両肩には　手提げと手荷物を　斜交いに掛けていた。女は　背が高くて　顔は　強い陽光で　桃色に反射した。女は　眩しそうに顔を顰め　手を翳し　北の空を見上げ　後ろに向かい声を掛けた‥〈村が近いわ！〉
　女は　黄金色の髪を　一振りし　両手で丁寧に　後ろに束ねた。それから　手荷物の位置を変え薄茶色の　デニムのスカートをはたき　乱れを直した。手提げから　紙片と包みを取り出し　包みから　煙草の葉を三度摘まみ出し　紙片の上に並べた。紙片を　両手で巻いて　丸みを見　紙の淵を舐めて　軽く押し付けた。それを銜え　両手が自由になると　胸ポケットから　ライターを取り出し銜えた煙草に火を点けた。
　トンネルから　小柄で痩せた男が　這うように　トランクを引きながら　姿を現した。ヤマト　そう呼ばれた男は　陽の下で　カーキ色の顔を顰め　惨めそうに頼んだ。

「オド　水！　水をくれん？」
オードは　肩の小荷物の中をまさぐり　透明の　リットル容器を取り出し　振ってみせた。
「一口分も残ってないわ　我慢して！」
ヤマトは　喘ぎながら　答えた：〈判ってん　聞いてみただけだん〉
オードは　時計に眼をやり　呟いた。
「バス終点から　一時間ちょっと　歩いてるわ」
高速道路は　緩い上り坂になり　セメント壁は　徐々に低くなってきて　林の頂点が黒く見え始めた。更に数分　道路はセーヌ河と出会い　そこから　河に沿いながら　下っていった。セーヌ河は流れが緩やかで　流れる水は　沿って歩きながら　殆ど停滞して見えた。
オードは　振り向いて　指さして言った：〈林がある！　あそこで休もう！〉
そこは　河の淵に浮かぶような　オアシスで　灌木と草が茂って藪になり　高い樹木が道路を区切っていた。オードは　倒れた木を見つけ　幹に座り　大袋の中を　まさぐり始めた。ヤマトは　耳を傾けたまま　道脇の　高い木を指さして　顔を綻ばせた。
「あのトチの木　何かチャチャってん　ほら　聞こえたん？」
オードは　陽が眩しそうに　腕を上げ　直射を避けながら　大樹を見上げた。
「そおお？　あれ〃マロニエ〃よ」
「こっちの　カエデと話してん」

オードは　木の幹に座ったまま　顔を上げ　ヤマトの示す方に　眼を泳がせた。
「それ？　〝エラーブル〟よ。ほら　もう赤くなりかけてる」――そして　自分の作業に戻った。それは　子供と母親の間の　会話を思わせた。
その時　灌木がカサカサと揺らぎ　野兎が　二人の前に現れ　両耳を叩いた。すると　向かいの草叢から　別の野兎が　躊躇いながら　姿を現した。ヤマトは　眼を輝かし　手を伸ばした。最初の野兎は　長い鼻を左右に振り　躊躇しながら　灌木の間に消えた。二匹目も　それを追って　跳んでいった。ヤマトは　兎に惹かれるように　後を追い　灌木の中に踏み込み　河の方へ歩きだした。
オードは　それを見ていたが　突然　キャーッと叫ぶと　大声で喚いた：〈ヤマト！　その水　飲んじゃダメ！　病気になる！〉
ヤマトは　照れ臭そうに振り返り　オードに　水に濡れた顔を向け　しょげ返って言った。
「湿らしてんだけなん」
オードは　半信半疑のまま　声を柔らげ　ヤマトを睨みながら　優しく言った。
「君って　油断できないわ。農園を開くまで　注意しないと！」
ヤマトは　反射的に繰り返した：〈農園！　鶏飼って　卵食い　畑にゃ　大豆とソバ麦植え　納豆かもし　冬にゃ　温かいソバ食う！〉
オードは　ヤマトには構わず　荷物を探り　赤いスカートを引っ張り出し　両手で下げて波打たせた。それから　薄茶色のスカートを脱いで　下着になり　赤いスカートに着替え　前を何度か叩いた。

次に　肩に掛けた手荷物から　硬そうな　踵の高い革靴を取り出し　薄っぺらの草履靴と取り換えた。

「この方が　ドライヴァーの眼を惹く。この靴　流行ってる〝スチレット〟よ」

オードは　首一つ背が高くなり　ヤマトは　下から眩しそうに　オードを見上げた。

「俺　衣も履きも　いっちょだけなん。けど　体よく洗うん」

「うん　服洗うか　体洗うか　同じ事。それでいいのよ」

ヤマトは　躊躇しながら　オードに尋ねた。

「ねえ　何でパリ離れるん？」

「何だ　判ってなかったの！」

オードは　ヤマトに向き直って　眼を据え　一語一語を区切りながら　丁寧に説明し始めた。

「田舎に行けば　モノが安い。君に仕事がなくても　あたしが働けば　何とかやれる。だから田舎に行くのよ」

「御免なん　判ってた。判ってたん　んだけど……」

ヤマトは　俯いたまま　呟いた。

「確かめてんだけなん」

「それに　君に仕事があるかも」

ヤマトの眼は　夢見るように　遠くを見ていた。

「そんに　田舎じゃ　話せんでも　暮らせるもんな？」

一瞬　周りが急に静かになり　樹木のてっぺん　小枝の集まりだけが　そよ風に揺らいだ。オードは　話しかけられたように感じ　思わず　樹木を見上げたが　小枝はもう動きを止めていた。

「ヤマト　何してるの？」

ヤマトは　オードに背を向けて　トランクを開け　その中に向かって　息を吹き込んでいた。オードは　背後から背を伸ばし　尋ねた。

「何してるの？」

ヤマトは　荷物を押し込み　せき込んで言った：〈バリカンだん　日本から持ってきたん〉

「剪髪機じゃない？」

「パナソニック製なん！」

「その横の　紫のそれ　オリーヴ油？」

「醤油だん。味付けん」

「だけど　何で息吹いてたの？　見せて！」

オードは　すっと手を伸ばして　トランクから　ヴィニール製の　四角の箱を取り出した。上蓋には　六つの穴が開き　中は　赤黒い土で　埋まっていた。

「ミミズ！　せっかく捨てたのに　また集めたの！」

ヤマトは　黙ったまま　俯いていた。

「でも　なんで　息吹いてるの？」

「すーっと　でかくなるん」

　オードは　呆れた顔をして　ヤマトと箱を　交互に見やり　睨みつけた。ヤマトは　絶望的に顔を歪め　箱を取返すと　荷物の中身を押し分け　大事そうに奥に置いた。

「御免なん　俺ん嫌んなったんな　俺　日本に帰ってもいいん」

「また言う！　君の夢は何だった？　農園を買って　鶏を飼い　毎にち卵を食べる事じゃなかった？」

　ヤマトは　顔を輝かせ　後をついだ：〈うん　そんで　大豆とソバ麦植えるん。そんで　納豆とソバ作るん〉――オードは　畳みかけた：〈だから　一緒に　頑張ってるんじゃない！〉

「んでも……」――ヤマトは言った：〈何で俺ん　構うてくれるん？〉

「当たり前じゃない！　あたしが君の国に住む代わりに　君の方が　あたしの国に住んでくれたんだもの。あたしが君に構ってあげるの　当り前よ」

「お前　一人んなりゃ　楽々なん。俺……」

　ヤマトは　情けなさそうに体を丸め　枝を拾い　地面にテントを描きながら　惨めそうに言った。

「俺　パリに戻りゃ　テルヌ市場ん横　屋根があるん。市場ん親父　残りもんくれるん。そんで……」

「そんでが何よ！　なに言ってるの！　パリじゃ　ちゃんと言葉のできる人でも　仕事がなく　失業者や避難民で一杯なのに！」

　ヤマトは　黙ったまま　俯いた。オードは　ヤマトを傷つけたと気付き　近づいて　頭を抱きしめ髪を撫でながら言った。

「問題　言葉だけじゃないの」

オードは　ヤマトの膝に　手を乗せた。

「パリの職安に行ったの　覚えてる？」

「職安　職安……」

「忘れた？　一緒に　君の仕事を探しに行った所よ！」

「御免なん！　覚えてん！　覚えてん！　すぐ出てこんだけなん」

「会社は　国のオリーヴ・カードがないと雇わない　と言うし　国は　君が会社に雇われていないと
オリーヴ・カードを出さない　と言うし」

「オリーヴ・カードだん……」

オードは　語調を落として　一句ずつ　区切りながら　繰り返した。

「滞在　許可　証よ。それ持ってると　この国で働ける」

「そう　そうだん」

「君には　そのカードがない。だから　この国で　八方塞がりなのよ」

「御免なん　俺が悪いん」

オードは　すかさず言った…〈また〝御免なん〟！〉――そして付け加えた。

「いつも　謝らなくてもいいの！　君のせいじゃないわよ。ここ　あたしの国だし　君はあたしと結

婚したんだから　君がこの国に滞在するの　当り前でしょ？　もう君　ここで働いちゃいけない　なんて理由がないわ」

「そうだん。理由ないいん」

「君　あたしと知り合わなかったら　この国に戻って来なかったでしょ？　この国に来てから　偶々あの戦争起こったから　エネルギー代が上がり　インフレになり　仕事なくなった。そうでなきゃ君　ちゃんとオリーヴ・カード持って　働いていた筈よ」

「そうだん　俺　この国から追ん出されたたん。そんで　イタリアで働いたん」

「君　独り者だったからよ。今は違うわよ。国民の　あたしと結婚したんだもの」

「俺ん嫌んなったんな　俺　船員なりょって　船で日本に帰ってもいいいん」

オードは　ヤマトの言葉に　耳を貸さなかった。

「君の夢　何だった？　日本を飛び出したのに　またそこに戻るの？　それとも　ここにいて　農園を買うの？」

オードは　呪うように　呟いた。

「あたし　この国の国民よ。その夫に　外国人だからってオリーヴ・カードを出さない　そんな国が悪いに決まってる」

「どして　出さなんだん」

「失業者　多いからよ。仕事　外国人に取られると　選挙で　ポピュリストの党に負けるからよ」

「ポピュリスト……」

「ヒットラーみたいな人達よ　判る？」

ヤマトは　黙ったまま　考え始めた。

「それに　国民の謀反　起こるのが　恐いのよ」

「謀反？」

「ほら　インターネットの社会網　それで連絡し合い　広場に集まり　商店襲って　窓ガラス壊し物盗んで　君みたいな外国人　襲うのよ」

「やっぱり　そうなん」

ヤマトは　そう言った後に　項垂れて　深い思いの中へと　落ち込んでいった。

「あたし　薬局で働けるから　月に二千五百は稼げる。君とあたし　お金を貯め　農園を買い　子供を作り……」

ヤマトは　赤くなって　繰り返した。

「そうだん　子供作るん……」

「……鶏飼って　毎にち卵食べ　大豆とソバ麦植え　納豆とソバ作って食べるんでしょ？」

「そうだん　農園ば買おて……」

「田舎の町に行けば　オリーヴ・カードなくても　働けるかもしれない」

「けんど　お前　親んとこ戻りゃ……」

「あたし　君と結婚しているのよ！　それ　忘れた訳じゃないでしょ？」

ヤマトは　両手で膝を抱えて　体を丸め　小さくなって　消えるような声で言った。

「俺ん嫌んなったんな　構ってくれんでもいいん。俺　船員なりょって　日本に帰れるん。日本にゃ里があん……」

「君！」――オードは鋭く言った。

「農園買って　ミミズ育て　土地を肥やす。よい考えじゃない？」

ヤマトは　気分を取り直して　顔を輝かせ　オードを見上げて　叫ぶように言った：〈そんだ！大豆とソバ麦　お互いん話し通じるん　一緒に栽培すりゃ　助けおおて……〉

それから　惨めそうに　呟いた。

「けんど　なんで俺ん面倒なん　看てくれるん？」

「またそんな事！　判ってるじゃない！　君の妻だからよ！」

「なんで　俺なんかの妻になったん？」

「また同じ事　言わせるの？　まあいいわ　何もやる事ないから　繰り返してあげる。あたし　空手の研修で　沖縄に六か月いたの　覚えてるわね？」

「うん　そんだ」

「その時　あたし　日本とちょうど嵌ったの。覚えてる？」

「嵌ったんだったん」

「そうよ　ボルトとナットみたいに……」

「けんど　俺　北海道だん。沖縄にゃ　カエデも　ヒノキも　トチの木も　シナの木もないんで」

「沖縄も北海道も　おんなじよ！　同じ縄文人だもの！」

「そうだったんなあ」

「君とも　嵌ったのよ。二人一緒にいて　助け合うから　うまく行くのよ」

「そうだんなあ」

飛行雲は　直線の密度を失って　左右に　魚の背骨のような　子骨を作っていた。そして　天空の奥底に　薄まって　三本の柱みたいに　交差していた。正午の太陽は　真上から照り付け　道路の石灰の白線が　揺らいで見えた。オードは　ヤマトと会話しながら　気分を揚げ　木陰から出ていく機会を　慮っていた。

「高速から離れたら　ヒッチハイクもし易いわ」——オードは　そう言って　立ち上がった。二人は高速道路に沿って　歩き始めた。〝スチレット〟は　オードの一歩ごとに　カタッカタッと　カスタネットのような　音を立てた。やっと　村の方へ向かう　細い道が見えた。そこを曲がると　道と畑の間に　水道栓が見えた。ヤマトは　走って近づき　栓を開けた。

オードは　鵞鳥のように叫んだ：〈だめよヤマト！　飲めるのか　畑用か　判んない！〉

ヤマトは　それに構わずに　ゴクゴクと　音を立てながら　水を飲み始めた。オードは　抱えた荷物を投げ出し　走り　ヤマトの腕を捕まえ　思い切り引っ張った。小さなヤマトは　口から水を滴ら

せながら　草叢の上にひっくり返った。
オードは　〝しまった！〟と呟き　倒れたまま　呆気にとられているヤマトを　膝を折って抱きしめた‥〈君　本当に　自然の生んだ子ね！〉
田舎道では　ピックアップやトラクターが　ノロノロと　二人を無視しながら　通り過ぎて行った。更に　十分ぐらい歩いたら　遥かに　マロニエの列が　見えてきた。それは　二車線だけの　国道だった。オードは　車が通るごとに腕を上げ　親指を　進行方向へ振りながら　車を止めようとした。しかし　ドライヴァーは　二人を見るや　排気音を高め　加速して走り去った。
オードは　観念したように　呟いた‥〈二人一緒にいるから　うまくないのよ〉
オードは　更に少し歩いて　立ち止まった。そこでは　マロニエの道路脇が　なだらかに　下り坂になって　草叢が広がっていた。オードは　追い付いたヤマトから　荷物を取り　自分の荷物と共に道路の淵に置いた。
「君　そこの溝の中に立っていてね。あたしが呼んだら　出てくるのよ」
そう言って　ヤマトを溝の中まで　押していった。
「隠れるんじゃなく　自然に　何となく　溝の中に立っておればいいのよ。それでも車からは見えないから」
オードは　通る車に向かって　腕を上げ　親指を進行方向に向けて　前後に振り始めた。一台目はオードを無視し　通り過ぎていった。二台三台　やっと四台目に　シトロエンが　左折の信号を点滅

させながら　速度を緩めて近づいてきた。ドライヴァーは　ガラス窓を開けながら〃乗るか？〃と声を掛けた。オードは　澄ました顔をしたまま　車に近づき〃こんにちは〃と声を掛けた。ドライヴァーは　四角い顔をした　中年男で　海の塩風に晒され続けた　赤黒い顔をしていた。
「どこまで行くの？」
オードは　声を張り上げ　陽気に答えた。
「どこでもいいの！　貴方の行く所で下ろして下されば！」
「それじゃ　前の席に乗んなさい。荷物は後席の上に置いて」
男はその時　溝淵に立つヤマトに気付き　怪訝そうに　オードを見やって　その反応を待った。オードは　平気な顔をして　紹介した‥〈あたしの連れよ〉
それから　ヤマトに向いて　声を上げた‥〈ヤマト！　早く！〉
男は　やっと状況が判って　顔を顰め　頭を軽く振りながら　乱暴に言った。
「荷物が増えたから　後ろの荷物入れを開けるぞ！」

## 三

車が　ルーアンの町に入ると　オードは　ドライヴァーに頼み　市役所の傍で車を降りた。そこから　少し歩くと　河畔に出た。その近くに　小さい広場があり　ベンチが見えた。オードは〃手洗いあるかしら〃と呟いた。広場の端に　閉まった売店があり　後ろに　セメント建ての　長方形の洗面所があった。その後ろに　農家らしい家があり　クックッと　鶏の話し合う声が　流れて来た。ヤマトは　途端に顔を輝かせ　声を上げた…〈ここ　ちょうど　いいん〉

農家の　垣根の麓に　草叢が　緑の毛布のように　群れて生えていた。二人は　それを囲んで　テントを張った。河の流れの　音のない振動に乗って　数羽の鶏が　気持ちよさそうに　会話を続けていた。ヤマトは空腹を感じてきた。

「腹　減ったん」

オードは　手荷物を開き　クッキーを取りだした。

「チーズ　ないん？」

「ある物だけ食べるのよ！　仕事を始める迄は」

「御免なん　聞いてみただけん　俺　ある物しか食べん」

湿った冷気が　地面から上ってきて　二人は　薄い敷物と掛布団の間で　向き合って抱き合った。

「農園　幾らするん？」

「そうねえ……」――オードは　頭を上げて腕で支え　眼を細め　闇を見ながら　考え始めた。

「小さくても　八万から十万はするわね」――そして　付け加えた。

「海に近いと高いから　ずっと内陸の　安い所にしよう」

「そんだ　ミミズも　海から遠い方がよかん」

「どうして?」

「塩　嫌いなん」

オードは　怪訝な顔をして　ヤマトを見た。

「葉っぱに醤油　ちょっぴりかけたげたん。そすと　怒って騒ぎだしたん」

オードは　何も言わずに　続きに戻った。

「二人で　月に千五百で生活し　倹約すれば　月に千は残る」

「俺が働きゃ　二千は残るん」

初夏の　暮れ遅れた夕日も　ようやく　河の向こうの　黒い森に落ち始めた。海からの　塩っ辛い涼風が　河を伝い　この町の中まで　上ってき始めた。昼間の　炙るような暑さも　どうにか　収まってきて　寒気が周りを覆い始めた。農家の犬が　高らかな喉声を上げ続けると　対岸から　それに答えるように　遠吠えが返ってきた。

「んな　オド」

「なあに?」

「なんでお前　俺と結婚したん?」

オードは　ヤマトの頭の後ろに　そっと　右腕を回して　話し始めた。

「愛っての　何だか判る?」――神様でも説明できないでしょうね。

そして　オードは言った。

「君とあたし　きっと　いいコンビなのよ」

「そうなん　ごっくいいコンビなん」

「君のできる事　あたしできないし　君のできない事　あたしがやれる」

「俺　何んできるん？」

「君　気が付いてないだけよ」

「そうだん　気が付かないいん」

「君とあたし　言葉だけじゃ通じないから　却っていいのよ。お互いに努力し　もっと深い　気持ちで通じ合おうとするから　結局　何も話さなくても　通じ合ってしまうのよ」

ヤマトは　オードの腕の下で　背を丸め　子熊のようになって　身を揺すり始めた。

「君とあたし　一目惚れじゃあないわね　あたし　小さい頃から　背の高い　金髪の男に憧れていたから。そんな人を愛した事もあったわよ。コペンハーゲンで知り合ったデンマーク人で　身長は二メートルあったわ。でもね　そんな　女と男の愛が　各々が　自分の幸せを求める為の愛なら　それ所詮　儚い　永続きしない　利己的な愛にすぎないわ」

「そんじゃ　永続きせんよなあ」

「あたし　君と一緒になって　〝自分の生活〟をするんじゃなく　君と一緒になって　〝君の生活〟をする事に決めたの。詰まりね　君の自然を愛する生活を　君と一緒に築き　その為に自分のエネルギーを捧げよう　と決めたの。そしたら　苦境が来たら　別れるような愛じゃなく　一緒に協力して苦

境を耐える　一生続く愛になる……この気持ち　感じてくれるかなあ。まあ　君　自然児だから　いつか自然に判るわよ」

「うん　自然に判るん」

オードは　右腕をヤマトの背に回し　左腕を　首の下から入れ　話し続けた。

「あたし　なぜ沖縄に行ったと思う？　今になって思うと　自分　そんな愛を探しに行ったのよ！　そして　気が付いたの……沖縄で空手を習っている時に。あそこの人達　みんな小さいでしょ？　あたしの首ぐらいまでしかないわ。だけど　みんな強いの。結局　人間って　大きさではないのよ」

ヤマトは　眼を瞑ったまま　繰り返した：〈うん　そうだん　大きさじゃないん〉

「密度によるのよ。密度が爆発し　広がって　将来を描き　未来を作るのよ。宇宙では　何でもそうよ。あたし　ずっと先の事を思い　この男と一緒に夢を描けるか　将来を築けるか　そしたら個人の幸せが得られる　そう考えたのよ。君に会った時　それができると感じたの」

ヤマトは　眼を瞑ったまま　膝を抱え　顔を火照らして　体を揺すり続けた。

「うん　もっと続けん」

「まず　君と一緒にいると　自然を感じる。自然と一緒に住んで　自然と話して……」

「うん　自然と話すん」

「そうよ　農園を買うのよ。それから鶏を飼って　畑にソバ麦と大豆を植えるのよ」

「そうだん　ソバ麦と大豆を植えるん」

「どお？　日本に帰る理由なんて　ないでしょ？」

「御免なん　俺　判ってたん……」

オードは話を変え　優しく言った。

「それに君　いつも　謝ってばかりいるの　止めないと。この国じゃ　相手の方が悪いに決まってるのよ。そう思い込むのよ。弱いとこ見せちゃ駄目！　でなきゃこの国じゃ　生きていけないわよ」

ヤマトは〝御免なん〟と言いかけ　口を塞ぎ　今度は両足の指で　調子を取り始めた。

「それに　この国じゃ　誰も信用しちゃだめ。皆が　平等に　騙し合うんだから。平等に　よ。判った？」

ヤマトは　オードの腕の中で　眼を瞑り　犬の会話を耳にしながら　眠りに落ちていった。

二人は　雄鶏の囁きで　眼が覚めた。夏の夜は　無用に短いので　ヤマトは　オードの温もりの中で　寝た振りをしていた。オードは〝もう明るいわよ〟と囁き　〝市役所に行かなきゃ〟と言って起き上がった。昨夜の　甘い思い出は　儚く吹っ飛んだ。二人は　テントを畳んで　大袋に入れた。オードは　手提げと手荷物を　肩に掛け　大袋を引いて　市役所に向かった。ヤマトは　トランク引いてそれに続いた。

市役所は　ギリシャの神殿に似せ　正面に　四本の柱が立ち　巨大な鉄扉は庶民を威圧した。二人は　上り石段に座り　開扉を待った。九時過ぎ　扉は内側から　開けられた。影から　薄黒い顔が覗き　二人は〝今日は〟と声をかけたが　答えはなかった。中央に　大理石の歩廊が伸び　オードは

大袋を引きながら　左右を見て歩いた。ヤマトは　五歩か六歩遅れ　後についた。オードは　ガラス戸の前で立ち止まり　姿を写し　上着の裾を引っ張り　皺を伸ばした。戸の上に〝インフォメーション〟と書いてあった。オードは　ヤマトに振り返り　念を押した：〈あたし話すから　君　何も言わないでいいからね〉

ヤマトは繰り返した。

「俺　何も言わなん。お前が話す」

オードが　戸を押し開けると　奥で　三人の女がパンを銜え　喋り合っていた。オードは　窓口の前に立つと　黙って　しばらくの間　相手を待った。それから〝誰もいないの？〟と言った。女の一人が　手のパン粉を叩き落とし　後ろを向き　二人と喋りながら　近づいてきた。

オードは　声を殺して　言った：〈町の　薬局のリスト　下さい〉

女は　オードを見ないまま　窓口で　電算機の前に座り　鍵盤を叩き始めた。それから　手を伸ばして　印刷機から　二枚の紙を取り上げ　眼を通した。そして　椅子に座り直すと　ガラス製の　衝立の下から　二枚の紙を押し出した。それは　薬局のリストと　町の地図だった。オードは　冷ややかに尋ねた。

「求人広告はないの？」

女は　やっと初めて　口を開いた。

「それ　あたしの仕事だと思う？」——オードは　すぐに反問した：〈じゃ　誰の？〉

「職安！」
そう言って　また鍵盤を叩き　写しを撮り　赤色に上塗りして　衝立の下から押し出した。
オードは　紙を手にすると　ヤマトに〝行こう〟と声を掛け　女に言い残した‥〈どうも！〉
オードは　市役所を壊しそうな勢いで　大袋を　石段から引き摺り下ろし　ヤマトに言った。
「これから　今夜のテント張る場所　探そうね」
そして　大股で歩き始めた。
「森と草叢がありゃ　そこがいいん」――ヤマトは　トランクを引いて　小走りに　追いかけながら
反射的に言った。
「それじゃ　河の方へ行ってみよう」
少し歩くと　緩やかな丘に沿って　公園が見え　そこに近づくと　オードは言った。
「少し休もう！」
公園では　道路に沿うように　砂利で　散歩道が作られ　三個のベンチが並んでいた。オードは
手前のベンチに近づいて　荷物を置くと　もどかしそうに手提げを開け　煙草の葉と紙を取り出した。
緑の芝生は　所々が茶色に枯れ　あちこちで　モグラに喰われたように　地面が露出していた。中
ほどに　二本の菩提樹が聳え　一本の木陰に　小さい頭の暗い人達が　何を話すでもなく　寝そべっ
ていた。ヤマトは　三十人はいる　と思った。別の木陰では　日焼けした人達が　立ったまま　まる
で喧嘩するように　大声でしゃべっていた。ヤマトは　耳にしながら　漠然と思った‥〝喉の形　違

うんだろ〃

オードは　煙を吐き出しながら　ヤマトを見て　その視線を追いながら　二つの集団に気が付いた。

「同じアフリカでも　サハラ砂漠の南か北かによって　文化と気候が違うのよ」

「色　違うん」

「南側のサブ・サハラ系　それに北側のマグレブ系。この二つ　あまり仲が良くないの」

そう言うと　オードは煙草を消し　地図を広げ　薬局のリストと　場所を比べ始めた。

太陽の強さは　朝から少しも衰えず　容赦なく　菩提樹の大木や　芝生を焼き焦がした。サブ・サハラ人は　一人二人と立ち上がり　長い手足を　ブラブラと揺すりながら　まとまりなく歩き始めた……まるで　音楽に　合わせるように。

「どこに行くのかしら」――オードは　眼で追いながら　ポツンと言った。ヤマトは　眼を輝かせ言った。

「つけてみなん　ん？」

「そうね　安い宿が見つかるかも」

二人は　後について　歩き出した。芝生の間に　季節外れの虞美人草が　真っ赤に　狂ったように咲いていた。タンポポも　あちらこちらに　黄色く見えた。ヤマトは　立ち止まって　芝生の緑　それと赤と黄の　原色の対比に見惚れた。オードは　荷物を脇に置くと　芝生に入り　虞美人草を摘み耳に挟んだ。ヤマトは　顔を綻ばし　呟いた‥〃女々しいん〃――そして　日本語で付け足した‥〃け

ど 機転きくん〃
サブ・サハラ人は 纏まるでも離れるでもなく 踊るように ブラブラと歩き続け 街の広い舗道に入った。そこは 歩行者天国で 両側に 高級洋装店や宝石商 それに土産物屋や喫茶店が並んでいた。集団は 行き交う人混みの中を ぶつかる事なく 溶け合いもせずに 進んでいった（その光景は 粗い目の網の 網曳きを思わせた）。前方に ゴシック様式の鐘楼が 聳えて見えた。粗目の集団は その前まで来ると 左に曲がり 更に歩き続けて 人気のない広場に出た。そこから 細い道に入ると とつぜん マッチ箱に似た大きな建物が 二人の眼に飛び込んだ。近づくと 入口の両開き扉の上に 紙が貼られ 太い黒マジックで 大きく記してあった‥〃安全空間〃
オードは 怪訝な顔をし ヤマトに言った‥〈入ってみよう！〉
扉を開けると 赤や黒の衣類の色彩が 眼を捕え 様々な薄黒い顔が 一斉に二人に振り向いた。板製の床は ニスでピカピカに磨かれ その上に 球技用の白線が 交差して引かれていた。
「体育館だわ」
体育館は 右側の半分には まちまちの 布や着物が敷かれ 人と荷物が陣地を作っていた。その間に 寝台が十台だけ まるで 救いの筏のように 浮かんで見えた。左側の端に 長机が二つ並びそこに 赤字の札が下がっていて 〃連帯食料〃と書いてあった。しかし 食料は既になく 紙コップが 小積まれたまま 残っていた。その横に 白い冷蔵庫が 輝いて見えた。
寝台の上で 二人の幼児が跳ね回り 別の寝台から 寝込んでいた女が 大声で怒鳴った。幼児た

ちは　動きを止めて　振り返ったが　相手が判ると　また飛び跳ね始めた。一人が　寝台から転げ落ち　泣き始めた。女は　投げ出したように　腕を振り　寝返りを打って　反対側を向いた。
オードは　室内を見渡しながら　呟いた：〈ここに　泊まれるかもしれない〉
「俺　林ん中　いいん」
オードは　ヤマトを睨んで　窘めた。
「そおんな　贅沢は言えないわよ！　ここは暖かいし　食べ物もくれそう」
「判ってん　ふざけたん　ちゃんと判ってん」
「ほら　あそこ　水道あるし　続きに洗面所がある。見えた？」
その時　入口の両開き扉が　一杯に開き　二人の運び手が　寝台を抱え入ってきた。続いて　別の二人が　二台目の寝台……。四人とも　サブ・サハラ人で　顔を俯かせていた。避難民は　誰も場所を譲らず　四人は　寝台を抱えたまま　暗い顔を持ち上げた。そして　弱弱しく怒鳴ったが　その言葉は　誰にもよく判らず　一人として動かなかった。
開いた扉から　一匹のハチが侵入し　脅すように　唸りながら羽搏きを立て　頭上を飛び回った。避難民は　腕や上着を振り回しながら　立ち上がり　懸命になって　ハチを追っ払った。ヤマトだけは　羽の音に惹かれたように　眼を輝かせ　両手を上げて立ち上がり　ハチに近づこうとした。オードは　慌ててヤマトの肩を抑え　鋭く言った：〈駄目！　あれスズメバチ　危ないわ〉
運び手は　皆が動いた隙に　やっと寝台を置いた。その時　太った赤毛女が　億劫そうに　体を揺

すりながら　入口から現れた。赤毛女は　運び手を手招きし　四人は　彼女の後ろに　ジグザグに並んだ。何人かが　物臭そうに立ち上がり　前の五人に　携帯を向けて　写真を撮り始めた。赤毛女は嬉しそうに相好を崩し　一望し　転がるような声で　にこやかに自己紹介した。

「私　オデッサよ！」

ヤマトは　オードに囁いた。

「何で　写真撮るん？」

近くで　寝そべっていた男が　半身起こし　顔を歪めて　嘲るように言った：〈仲間へ　流すのさ〉

「流すん？」

「チックトックや　インスタグラムでさ！」

別の男が　顔を歪めて　付け加えた。

「何て題だ？　ネオ植民地主義か？　拷問女か？」

オデッサは　詩を朗読するように　話し続けた。

「二台の寝台　弱ってる人や子供に　優先的に割り当てる！」

それから　周りを見回して　オードに止まり　同胞の間の気安さで　早口で囁いた。オードは　落ち着き払って　いつもの　説得するような声で　オデッサに答えた。

「あたし　国際救済団の者よ」——そして　ヤマトを眼で示し　声を低めて言った：〈付き添いよ　彼言葉ができないの〉

オデッサは　〝またか〞と呟くと　掌を上げ　悪魔祓いするように振り下ろし　胡散臭そうに言った：〈関わり合いになるのも嫌だ！〉

そして　元の作業に戻って　背伸びし　二人の妊婦を見つけ　指定して叫んだ：〈貴女と貴女よ〉

一人は　中東系らしい　木綿服の女。もう一人は　サブ・サハラ系の　幼児連れの女。それから避難民の方に向き直ると　胸をまさぐり　紙片を取り出して　声張り上げて読んだ。

「モハメッド　サアド　それに　ソフィアン！　この三人　未成年者とみなされた！　おのおの　篤志の家庭に引き取られ　そこから学校に通うべし！」

避難民の間に　低い騒めきが起こり　唸りになって広がった。

サブ・サハラ系の　集団の中から　歌うような声が響いた。

「俺も未成年だよ！　十七歳だもの！」

離れた集団から　虐げられたような　弱い声が流れてきた。

「俺だって　十七歳だよ」

すると　あちこちの集団で　若者達が　躊躇いながら　〝自分も未成年だ〞と呟いた。

オデッサは　それらの声を無視し　続けて言った。

「これ　児童福祉局の判定の結果よ！　未成年者だと名乗る者　偽名を使った者　沢山いたけど　これらは　即座に落第！　昔の書類や写真と比べりゃ　すぐ嘘が判る！」

体育館には　無気力な騒めきが広がり　しばらく続いた。

「生年月日を一月一日にした人も　何人かいたけど　これらも落第！　役所は　そんなにロマンチックじゃないわよ！」

体育館は　不貞腐れて静まり返り　それに驚き　幼児の一人が　クマ蝉のように泣きだした。

「未成年者でも　親が付き添っている者　これも除外！　そして　六歳以上の子は　近くの学校に入学すべし！　これ　人権宣言した　この国の原則で　もちろん無料よ！」

避難民は　オデッサに興味を失って　眼を逸らし　携帯をいじったり　思い思いに動き始めた。オデッサは　それに動ぜずに　言い続けた。

「この判定に不服な者　二日以内に　行政裁判所に訴えるべし！　場所は……」――横にいた　中東系の男が　小声で囁いた：〈行政裁判所って何だ？〉

オードは　右手の人差し指を立て　男の眼の前で　左右に振りながら　諭すように言った：〈体裁だけよ！　止めた方がいい！　どうせ無駄だから〉

オデッサは　急に語調を変え　厳かに言った。

「我が国では　何事も　法の規則に従って決められる。国民も　外国人も　規則の前で　平等に取り扱われる！」

オデッサの声は　避難民の雑談の中で　聞こえなくなった。

「気分が悪くなったら　すぐ申し出る！　専属医者に診てもらい　場合により入院！　全て無料！」

――そう付け足しながら　オデッサは投げ出したように　手を払った。それから　時計を見やり　眼

を丸め　慌てて出口へ急ぎ　バタンと扉を閉めた。
　その音で　休んでいたハチが目覚め　新たな勢いで　避難民の頭上を　飛び回り始めた。窓際の一団が　騒めいて立ち上がり　喚きながら　上着を振って　追っ払い始めた。オードは　耳の虞美人草を手にすると　ツカツカと　一団に近づいて　ハチに向け花を差し伸ばした。ハチは　その花に食らいつき　鳴き止んだ。オードは　そのまま窓に近づき　窓を開け　その隙間から　外へ追い出した。
ヤマトは　目尻を下げ　日本語で〝機転きくん〟と呟いた。避難民の一人は　チラリとヤマトを見やると　再び　何もなかったように　自分の携帯に戻った。
「みな　携帯を買うお金はあるのね」――オードは　戻ってくるなり　そう呟いた。
ヤマトは　オードと話すのを　誇らしく思った。
「アフリカじゃ　きっと　安いん」
オードは　驚いたように　ヤマトを見直した。
「君　よく気が付いたわね！」
「理論的に　判るん」――ヤマトは　そう言って　床上で　指を忙しく動かし　クリックする真似をした。
「君　欲しい？」
ヤマトは　首を左右に振って　言った。
「俺　要らん。鶏の方がいいん　生きてんし」

「そうよ　あんな物　持ってないから　長い眼で見れるのよ」――それから　すぐに言い直した。

「考える時間ができるのよ」――そして付け加えた。

「だから　お金貯めて　農園買う事　思い付いたのよ」

ヤマトは　動かしていた手を　パタッと止めた‥〈そうだったん　なあ〉

そして　オードを見やり　見詰め続けた。その眼は　尊敬の彩で　緩んでいた。

オードは　避難民の集団の端に　マットを敷き　そこに荷物を集めて　ヤマトに言った。

「薬局　八時までやってるから　自分　これから幾つか訪ねてみる。ここで待ってて。荷物を守ってるのよ？　散歩しても　ここに戻ってくるのよ？」

ヤマトは繰り返した。

「散歩してん　戻ってくん」

オードは　気になるように〝約束よ〟と繰り返して　出口に向かった。扉に着くと　ヤマトに振り返り　それから外へ消えた。

体育館から　広場に出た所に　ピケが張られ　抗議団体の集いが　オードの前に立ちはだかった。

オードは　怒って叫んだ‥〈何なのよ！〉

二人の男が　オードの体を小突き　脅かすように　彼女の頭の上で　プラカードを振り回した。

〝ホテル連合〟と書かれた板が　頭上を踊った。オードは　回りを取り囲まれ　前へ進めなかった。

「我々は抗議する！　国際艦隊ショーの観光季節に　これじゃ商売は上がったりだ！」

別の一人は叫んだ‥〈不法滞在者の為に　だぞ！〉
オードはやり返した‥〈あたし　担当者じゃないわよ！〉
「嘘つけ！　お前は　体育館から出てきた！」
オードは　反証する方がなく　ただ　声を荒げて　繰り返した‥〈あたし　関係ないってば！〉
「我々は　ホテルの寝台を徴発された！　県の命令でだ！」
「寝台は　妊婦や病人の為に　使われてるのよ！　中に入って　見てらっしゃい！　それに反対するなんて　恥ずかしくない？」
「俺達は　お前ら　役所側の補償を求める！」
大男たちは　オードの両肩を捕まえ　強く押した。オードは　肩の手を振り切り　空手で構え　彼等が怯んだ隙に　体を屈め　彼等の腕を潜り抜けた。それからは　大通りを街中に向かい　夢中で走った。罵声が　背後に迫ってきたが　遠ざかり　揶揄うような　爆笑に変わった。それでも　オードは懸命に　走り続けた。

四

初夏の陽は　容赦なく河面に打ちつけ　河面は　靄で曇って　蜃気楼が揺らいだ。小魚が　あちこちで跳ね上がり　大気から　足りない酸素を　吸い込んだ。白カモメが　海から餌を探しながら　河

を上り　この町の河岸に集まって　河面を見張っていた。小魚が　跳び上がる度に　羽の根本を　ビクつかせたが　小魚はもう水中に消えていた。

オードが　戸口から消えると　ヤマトは　トランクに座って　人を数え始めた。しかし　百に達する処で　いつも　人が動きだして　混乱してしまった。おおむね　三人に一人は　女だった。

とつぜん　扉が勢いよく開き　赤ら顔の　太った土地の男が現れ　大声で叫んだ。

「皆　よく聞け！　これから　近くの福祉施設に引っ越すぞ！　部屋は皆にある。争う事はない！バスが一台だから　戸に近い方から　三つのグループに分け　バスに乗る。ここには戻って来ない。みな持ち物をまとめ　準備するんだ！」

傍らの　サブ・サハラの女が　何か呟き　立ち上がったので　ヤマトは尋ねた。

「引っ越すん？」

「引っ越すのさ」

「どこん？」

「福祉施設に行くのよ！　家よ！　本当の家！」

「オドは！　オドはどうすん！」

ヤマトは　そう喚いて赤ら顔に突進し　しがみ付き　懸命に言葉を探し　やっとふた言いった…

〈俺ん妻！　俺ん妻！〉――それから　頭を左右に振り　人差し指で　床を差しながら叫んだ。

「今　ここ　いないん！」

赤ら顔は　驚いて何歩か後退し　ヤマトを認め　その頭の上から　睨みつけた。ヤマトは　懸命に睨み返した。五秒かそこら　男は　足で床を叩きながら：〈係がここに残ってる。判ったか？　係の者がここにいる〉――と二回繰り返し　更に付け加えた。
「係に聞けば　場所はすぐ判る。この近くだ」
「歩く……？」（ヤマトは歩く真似をした）
「そうだ。近くだ」
外には　既にバスが来ていて　避難民は　落し穴を恐れるように　グズグズと集まり始めた。運転手が〝荷物は荷台に入れろ〟と叫んだが　誰も　荷物らしい物は　持っていなかった。バスの近くに二人の土地の男と　女が現れ　見るともなく　乗り口を眺めていた。女の髪は　真っ白に脱色され陰気な　この集団の中で　巷の夏を思い起こさせた。三人とも　カーキ色の制服を着け　腕に　赤地の腕章を掛け　白字が〝ポリス〟と読めた。運転手は　業を煮やして　叫んだ：〈早く乗れ！　俺の家じゃ　カアちゃんが　待ってるんだ！〉
ヤマトは　トランクを引いて戸口に置き　引き返し　オードの大袋を摑み　引こうとした。ところが　足が板に滑って　手をついた。赤ら顔が　ヤマトに近づいてきて　大袋を摑み〝列を作れ〟と言って　トランクの横に引いていった。
折り返しで　バスが戻ってきて　ヤマトは　最後の集団の中に　列を作った。警察の女は　携帯と鉄兜を手にして　乗車する　避難民の一人ずつを　携帯と見比べていた。ヤマトの　三人前の褐色の

男になった時　女は　警察の二人に　鋭く囁いた。褐色の男は　乗り口へ走り　車体の角に　頭を力任せにぶっつけ始め　判らない言葉で叫んだ。ヤマトは　恐怖に怯え：〈止めん！〉——と絶叫した。警察の二人が　褐色の男を捕まえ　女は素早く　男の頭に　鉄兜を被せた。

「何いん！」——とヤマトは叫んだ。横にいた　赤ら顔が言った。

「彼は　不法入国者なんだ」

「ふほう……？」

「そうだ。旅行ヴィザで入国し　ヴィザが切れても　滞在し続けたんだ」

「だけん　頭……」

「ありゃ常道だよ。傷つけて　入院し　そこから脱走するんさ」

褐色の男は　鉄兜を被せられたまま　二人の警察男に　抱かれるように　連れられていった。列の残りは　運転手に怒鳴られて　乗車し　運転手は満足そうに〝行くぞ〟と叫んだ。

## 五

セーヌ河岸　二隻の小船が現れ　停泊し　人の気配もないまま　その日の夜が暮れた。夜が明けると　一隻の甲板の上に　中年男が現れ　ひと欠伸した後　岸に飛び移った。中年男は　胸を肌けたまま　肩から　皮ジャンパーを　引っ掛けていた。しばらくし　紙袋二つを抱え　戻ってきた。甲板に若い女と幼児が現れ　机を開き　食器を置き始め　船室に声を掛けた。中年男が現れ　隣の舟に声を掛けた後　三人は　向かい合って　朝食を始めた。隣の甲板に　夫婦と子供二人が現れ　三人に　声を投げ掛け　笑いながら話し始めた。中年男は　紙袋を取り上げると　投げ渡し　相手が甲板に取り落とすと　皆が大声で笑った。

　福祉施設は　鋼材と板の二階建て　横腹に　頑丈そうな鉄の梁が　薄黒くなって伸びていた。その上に　花文字が彫ってあり　溝は　赤錆び埋まっていたが　ようやく読めた：〝絹梳き工場〟

　中に入ると　正面は広間になり　左側に　二階へ上る階段があり　右側に裏庭への出口があった。広間では　中央に低い机があり　周りに　ソファーが六個と　無数の木椅子があった。入口の右側に掲示板があり　大きく〝老人ホーム手伝いを求む〟と書いてあった。既に　先着者が椅子を占め　後着者は　大理石の床の上に　座ったり寝たりしていた。

「ようこそ　皆さん！」――とつぜん　女性の声が　響き渡った。皆が　後ろに振り向くと　中年女性が　満面に笑みを浮かべ　腕を広げて立っていた――久しぶりに　遠くから来た　孫を迎えるように。その女性は　三段に結った髪を　網で囲み　頭を動かさないまま　穏やかに話し始めた。

「マダム　ド・モンテルラン　この家の名付け親です。皆さん　避難民取り扱いの審査が終わるまでこの施設が　皆さんを歓迎します。皆さんの仮の住まい　でも本当の　家族の家庭です。不足な物があれば　何なりとおっしゃって下さい」

　マダムは　言葉を切って　新たに　微笑み直して　皆を見回した。

「食堂は　地下にあって　朝昼晩　三回の食事ができます。豚や牛が食べれない人には　代わりに鶏肉が用意されています。時間帯は　食堂の入口に貼ってあるので　後で記憶しておいて下さい。それから　毎朝　ル・フィガロ紙　ル・モンド紙　スポーツ紙　それに毎週　二種の雑誌が配達されるので　随意にお読み下さい。そして是非　フランス語にお慣れになって……」
　縮れ髪の子が　むずかり出したので　マダムは　矢で射るようにその子を指さし　にこやかに言った‥〈おお可愛い！　君　幾つ？〉――その子は　照れたように　体を捩り　母親の懐に　子犬のように潜り込んだ。マダムは　すぐに荘厳な顔に戻り　話を続けた。
「この世界は　神様が下さったもので　皆の物です。我が国では　人種による区別は　全て取り除かれました！　みな平等で　自由です。でもね　どの家にも所有権があり　勝手に入れば　罪になりますね？　同じように国にも勝手には入れません。所有者の許可が要ります。それには審査が必要です。それを待ちながら　皆さんに　日用品や下着を差し上げます」――そして　背伸びした後　手を上に伸ばし　指をパチンと鳴らした。
　童顔の女と　サブ・サハラの男が二人　それぞれ　押し車と共に　広間の影から現れた。童顔の女は〝ここに列を作って〟と大声で叫んだ。皆は　車に向かって殺到し　たちまち　長い列ができ　ヤマトは最後にくっ付いた。童顔の女は　車からヴィニール袋を鷲摑みし　数人ごとに　鯉に餌をばら撒くように　捌かしていった。中には　歯ブラシ・練り歯磨き・石鹸・下着　それに　厚い衣類が二枚入っていた。

マダムは　並んだ一人ずつに　横から　封筒を渡しながら　念を押すように言った：〈封筒に　三ユーロ入っています。一日分のお小遣いです。大事に使って！〉

「部屋は　二人用です。判りましたか？」――マダムは　人差し指と親指を　突き出し〝トゥー！〟と英語で付け加えた。マダムの指は　とても細くて　長かった。

「部屋の相手は　自由に選び　事務室に届け出るように。ただ　幼児がいる夫婦には　組立て寝台をお貸しします。その後に　部屋の番号と鍵を　差し上げます」

そして　急いで付け足した：〈そうだ　忘れてはいけない……〉――「ここを出て　右側に曲がり少し行くと　臨時審査所があり　九時に開きます。そこに　避難民の申請者の列があり　審査を受けて下さい。ほかに　欧州連合の出身者の列　それに　オリーヴ・カード――滞在証ね――の更新の列があるので　間違えないように！」

そしてマダムは　広間から出ていった。口の早そうな　マグレブの男が　当て付けるように言った。

「うえー　勝手な事を言いやがって！　俺たちゃ　一緒に海を泳いで来たんや　そんな簡単にゃ　別れられんぞなあ」

サブ・サハラの女は言った。

「だけんど　大勢より　二人の方　住みいいし　温まるよ」

そうすると　広間の到る所から　声が上がり　皆が同時に話しだし　騒然となった。その時に　オードがやっと　広間に現れた。

「場所　勝手に変えちゃって　心配した！　でも　体育館より　ここの方がいいわね」

回りの者は　オードに気が付き　警戒し　オードとヤマトの傍から　一人二人と遠ざかっていった。

オードは　気にもせずに　ヤマトに言った。

「薬局に　仕事が見つかったわ」

ヤマトは〝見いん！　俺ん方も〟と言って　ヴィニール袋と三ユーロを　オードに渡した。

オードは　三ユーロを見て　言った。

「パン一つ買ったら　なくなるわね！　早く　君の仕事　見つけようね」

ヤマトは　気忙しく　オードに言った…〈俺とお前ん部屋　あそこん届け出るん〉

オードは　ヤマトの指す方を見て　途端に　顔を強張らせ　ヤマトの手を握った。

「君　一人であそこに行って　夫婦と言って　届け出るのよ。ニユキ夫妻よ！　できる？」

「うん　俺たち　夫婦だもん」

「その通りよ　君とあたし　夫婦だもの。同じ部屋に入れて貰うのよ！」

## 六

福祉施設は　二車線の道路に沿って建ち　周囲は　普通のアパートなのに　人の住む気配がなかった。一階の窓は　蛮行を恐れるように　日中でも　雨戸が下りていて　外界との交流はなかった。二

階から上は　ガラス窓を通して　中は暗く　人の住む気配はなく　または隠れていた。ただ　太陽が沈むと　薄明かりが見えた。それと逆に　福祉施設の方は　日中に賑わった。

翌朝　オードは薬局を休んで　ヤマトを連れ　市役所が教えてくれた　職安に向かった。

「早って見つけんでも　よかん」――ヤマトは　小走りに歩きながら　気後れし　そう言ったが　オードは返事しなかった。

職安は　ガラス張りの円塔で　外から　内部の配置ばかりか　消沈した顔や姿も見えた。

ヤマトは　感嘆して　言った‥〈新式やん〉

オードは　入口の戸を押しながら　答えた。

「仕事のない人が　入り易くする為よ」

入った奥に　受付があって　係の女が　俯いたまま　何か読んでいた。オードが〝すみません〟と尋ねると　胡散臭そうに　顔を上げた。そして　入口の横にある　整理箱を指さした。

「番号札を取るのね？」――オードが　そう聞いた時には　女は　既に俯いて　続きを読んでいた。

広間には　十人に近い人々が　憂鬱そうに　番号札を見ながら　順番を待って座っていた。オードとヤマトも　番号札を取って　それに加わった。二十二番。

十五分も待ち　長く感じ始めた頃　オードは　静かに立ち上がって　広間を見回り始めた。広間の奥に　掲示板を見つけ　そこに　求人広告が貼ってあった。オードは　受付に行って　係の女に言った。

「あそこに　求人広告があったわよ。待ってる人　何を待ってるの？」

「専門家に相談する為よ」

オードは　優しく　聞いた。

「ちゃんと　教えてくれてたら　あたし　待たなくてすんだのに」

女は　即座に答えた：〈あなた　何も尋ねなかったわよ〉

オードは　更に優しく　聞いた。

「オリーヴ・カードがなくても　応募できるの？」

「応募は　自由よ」——そう言って　また俯いて　続きを読み始めた。

求人は　仕事種ごとに分けられていた。家政婦　土木下請け　老人ホーム　道路清掃　塵集め　長距離トラック　アパート管理……。そして　下の方にあった！　美容関係で　理髪店　美容院　混合理髪店……。

「こんなに　人手が不足してるんなら　働かせてくれても良さそうなのに　ねえ」——オードは　そう呟いたあと　施設に近い　三つの宛先を　書きとった。

「福祉施設に近い店から　訪ねてみようね」

ヤマトは　足を叩きながら　答えた：〈ヨチヨチっててん　行けるもんなあ！〉

「そう　歩いて行ける方が　いいもの」

オードは　地図を手に歩き始め　ヤマトは　オードについて二つの道を通り　三つ目の道に入ろう

とした。その角の　四角い店が　理髪店だった。道に面する両側は　一面がガラス張りで　中では四人の若い女性が　客と一緒に鏡に映って見えた。入口の上で　赤いレーザー灯が　点滅し〝虹の彼方に〟とやっと読めた。
「ナイト・クラブみたいん」――ヤマトは　夜の札幌を想い　そう言った。オードは　口に指を当て〝シーッ〟と言い　ガラス張りの　戸を押した。すぐに　女が近寄ってきて〝ジュリーよ〟と名乗って〝所有者よ〟と言った。ジュリーは　四十前後の女で　軽装で　ブラジャーが透けて見え　上から赤いカーディガンを羽織っていた。髪は　松かさ流に　結ってあった。
「何ができるの？」――ジュリーは　ヤマトに向かって言った。
オードは　素早く　横から答えた：〈とても器用なので　何でもできるわ。日本人なの〉
ジュリーは　頭を上向きに頷いた：〈小さくて　器用そうね〉
オードは　すかさず　付け加えた：〈イタリアじゃ　大きな美容院で働いていたの。特に　髪の刈上げが早くてうまいの〉
ジュリーは　ヤマトに向かって　尋ねた。
「なぜ　イタリアの仕事をやめたの？」
オードは　素早く答えた：〈自分と結婚したからよ〉
「オリーヴ・カードは持ってる？」
「それが　ちょうど戦争が起こってね」

そして付け加えた‥〈なので　オリーヴ・カードが欲しいの〉

「うちじゃ　出せないわ」

「どうして？　ちゃんと働くのに？」

ジュリーは　それには答えず　逆に尋ねた。

「誰か　カードを持ってる親戚か　仲間はいない？」

オードは　問いの意図が判らなかったが　答えは判っていた。

「彼　日本人なのよ。ここ迄来るような　物好き日本人　そういないわ！」

「誰か　カード貸してくれれば　雇ってあげるわ」

「でも　他人のカードじゃ　顔写真が違うじゃない？」

ジュリーは　微笑んで言った。

「気付かなかった振りしてあげる。大切なのは　仕事だもんね」

オードは　意味が判らないまま　声を高めた‥〈それじゃ　潜りで働けっての？〉

「沢山いるわ」

「違法なんでしょ？」

「あたしゃ　複雑なこと　嫌いでねえ」

「それじゃ　ほかに当たってみるわ」

「駅の前で立ってたらいい。車が止まって　話し合いで仕事が決まるわよ」

「どんな仕事?」

「土木工事　町の清掃や塵集め　食料配達　それに……」

オードは〝それじゃ〟と立ち上がり　反射的に　ヤマトも立ち上がり　急いで店を出た。次の街角で　オードは立ち止まり〝待って〟と言って　煙草と紙を取り出した。紙で巻き　口にくわえて　点火し　深く吸って　フーっと吐き出した。

「ジュリーが上にいたら　君　苦労するから　あそこ止めた方がいいわ」

ヤマトは　混乱したまま　答えた。

「うん　ジュリー　上にいんとな」

そこから　五分ぐらい歩くと　急に　建物に落書きが増え　四角の広場に出た。次の店は　その広場に面しており　正面は　床から天井までガラスが張られ　奥に深く伸びていた。ガラス張りには色を違えた字で　踊るように〝アトリエ・きれいさっぱり〟と書いてあった。

「床屋　どこも　外からすっぽんぽんやん。恥ずかしないん?」――ヤマトは　オードに言った。

オードは　姿をガラスに映し　身を正していた:〈中の女の子見せて　客を惹くためよ〉

「そんじゃ　俺……」

「君は腕よ」

出てきた男は　浅黒い顔に丸い眼をし　短い　火の無い煙草を　唇で右から左に動かした。そして二人を見比べ　ヤマトに向いて言った:〈月に千五百だ〉

オードは　何気ない風をして　横から答えた‥〈そうね　オリーヴ・カードないから　今のところその位でも仕方がないわね〉

男は　眼をオードに移し　マッチを擦り　タバコに火を点けて　煙を吸い込んだ。それから　煙を吹き出しながら言った‥〈俺　フランキー・セバンだ。君　この大将の顧問って訳だな？〉

「まあね。彼　とても有能なんだけど　まだ話すのに慣れてないのでね。聞く方は大丈夫だけど」

「どこに住んでんだ？」

「町に着いたばかりで　今のところ　仮の住まいよ」

「二人用のアパートなら　この町じゃ高いから　河向こうの方がいいぞ」

「考えてみるわ」

「もちろん　君の方の仕事にもよるが……」

オードは　手提げの中を混ぜ返し　煙草を　セバン氏に見せて〝いい？〟と聞いた。セバン氏は煙を吐き出しながら　頷いた。

オードは　煙草に火を点け　一口吸って　眼で天井を見ながら　煙を吐き出した‥〈やっと本題に入れるわね〉

セバン氏は　頬骨の筋肉を　ピクピクと　細かく痙攣させ　それが収まってから言った。

「何？　何言いたいんだ？」

「判ってる癖に！」

セバン氏は　心持ち顔を赤めて　煙草を捨て　両手の指を組み合わせ　突き出してポキポキと鳴らした。

「身元調査されてるの　馬鹿にでも判るわ。遠回りしないでも　教えてあげる。何も隠す事なんかない。ヤマトは夫よ。あたしが薬学部にいた時に　知り合い　結婚したので　親に勘当されたの。仕入れがなくなり　薬剤師の免許を取れなかったの。なので　今は薬局で　調整師として働いてる。これで十分？」

セバン氏は　落ち着きを取り戻し　和解しようとした。

「君　自然の威厳があるな」

「そおお？　持って生まれたのか　貴方の買い被りか　どちらかよ」

セバン氏は　低く唸った。

「今は　仮の姿って訳だな？」

「いえ　今は　ほかの目的があるの」

セバン氏は　口を曲げて　かそかに笑った。

「それにしても　この世にゃ白人　まだゾロと残ってるのに　何を好んで……」

「父もそう言ったわ」

セバン氏は　急に真面目な顔になって言った：〈手段は幾つかある。俺に任せてくれ〉

「でも　オリーヴ・カードがほしいのよ」

「すぐには上げれん。まず　手腕を見なきゃ」

そして言った。

「これから　大将と決めなきゃいかん事もあるが　君と決めればいいんだな」

オードは軽く頷いた。

## 七

太陽は　川面を照らし始め　川面が煙り　川向うの森が　蜃気楼になって見えた。周りが　静かになり　食器が鳴った。白カモメが　河岸に舞い降り　知らん顔し　二隻の舟の中の　住人の挙動を窺った。幼児が　甲板に出てきて　何か投げ　それが河に落ちると　それを狙って川面に飛び降りた。どこからか　三匹の白カモメが河岸に集まってきて　顔を逸らし　眼だけは二隻の舟にキョロ付かせ舟から捨てられる獲物を待っていた。
ヤマトは　給料封筒を貰って　封を切らず　オードが帰ってくると　それを渡した。オードは言った。
「最初の給料ね　明日の夕　レストランで食べよう」――オードは　そう言いながら　封筒を開けた。
そしてキッとなって　ヤマトに尋ねた：〈君　約束の額と違うわよ!〉
「んでも　貰えたん……」

「約束じゃ　月に千五百よ！　千しかないわよ！」

オードは　不機嫌にものも言わず　ヤマトは　腫物に触らないようにし　チグハグな一夜が過ぎた。

翌日　オードは薬剤師に頼み　薬局を　早目に引き上げて　セバン氏に会いに行った。

セバン氏は　待っていたように　落ち着いていた。

「君の大将　オリーヴ・カードを持っておらん。そうだろ？」

「その通りよ」

「だから　俺のカードを使った。つまり　貸してあげたんだ。だから　俺の収入が増え　余計な税金を払った。だからさ　君の大将の給料から払って貰う　これ当たり前よ」

セバン氏は　口説くように　優しく言った。

「いいか。この国じゃ　カードを持ってる奴にしか　給料を払えん。でないと豚箱行きだ。君の大将タダでカードを貸してくれる目出たい野郎を知ってりゃ　借りたらいい。俺はそいつに給料を払ってやるから　大将　そいつから給料を回収すりゃいい」

「だから　ヤマトにオリーヴ・カードを出してくれれば　全て解決じゃない？」

「そうはいかん。俺がオリーヴ・カードを出せば　雇主として　大将の為に　高い税金を払わにゃならん。割り増し所得税　失業保険　健康保険　数えりゃ切りがねえ」

「安い給料から　三分の一も取るなんて　搾取よ！」

「だが大将　カードなしでも働けるんだぞ！　何と言うても　働けるのが一番だ！　夫婦仲にも　健

康にもいい！」

オードは怒り　挨拶もしないで　理髪店から飛び出した。

その日の夕方　オードは不安そうな顔をして　帰ってくると　いきなりヤマトを抱きしめ　口早に言った‥〈薬局で　いい事知ったの！〉

それから　ヤマトの手を取って　寝台に座り　今度はゆっくりと　一語ずつ説明した。

「ヴィクトワール通りの　ほら　河の近くよ　そこの二十番地の建物で　場所を借りて　仕事ができるんだって」

「ウン　だけん　オリーヴ・カード……」

ヤマトは　よく判らなかったが　オードが　手を取ってくれたので　それが嬉しかった。

「個人で仕事を始める人の為〝商用オリーヴ・カード〟ってのがあるんだって」

ヤマトは　黙ったまま　緊張していた。オードは　ヤマトの手を取って胸に当て　一句一句　言葉を選びながら　ゆっくりと説明した。

「だから　君が一人だけの会社を作って　社長になるの。そして君が社員となって働くの。そうすれば　国が〝商用オリーヴ・カード〟を出してくれるんだって」

「俺　社長になんしょ。そんで　働く……」

「そうよ　君が一人で　社長と社員になるのよ」

「そすと　商用オリーヴ・カードが　手に入るん？」

ヤマトには　これほど苦労していたのに〝商用〟その言葉を付ければ　すぐ手に入る訳が判らなかった。

「だから　場所があればいいの。ヴィクトワール通りに　理髪用に場所を貸してくれる建物があるの。借り賃は　時間十ユーロだけど　何とかなるわ」

ヤマトは　よく判らないまま〝ほうか〟と言った後〝何だったけな〟と考えた。

「自分が役所に行って届け出る。そしてカードを手に入れてくるわ」

「うん　だけん　何をやるん？」

「君　バリカンを持ってるでしょ？」

ヤマトは　訳が判って　叫んだ。

「パナソニック製！　電気式！」

「判る？　外国人が国民の仕事を奪って　国民の失業が増えるのは困る。政府が次の選挙で負けるからよ。だけど外国人が　自分で仕事を作り　税金を払ってくれるのは　ちっとも構わないのよ」

ヤマトは　もう聞いておらず　バリカンで　髪を刈る動作を　オードにして見せた。

「それよ　それ。日本人　鋏使いが器用だって評判だから　きっとうまく行くわ」

ヤマトは　得意げに言った：〈鋏を使いだしたの　生まれてすぐ　爪切りよりか使い易い〉（その言葉は　日本の母がしょっちゅう　口にしていた）

「そしたら君　何も話さなくていい。誰も邪魔しない。好きなように働ける」――そして付け加えた。

「明日　その建物の持ち主に会いに行こうね」

# 八

夏至のこの真夏でも　太陽はようやく沈みかけて　マロニエの大樹は　頂点だけが夕日を捕え　赤く輝いていた。ヴィクトワール通りは　セーヌ河に沿って伸び　並ぶ建物は　大河の湿気で濡れて薄黒くなっていた。ただ一つ　清掃されたばかりの建物が　一段高く　他の建物を凌駕して　白く聳え立っていた。一階は　アーケードになり　戸口の上に〝ラ・リベルタ〟と　真新しく書かれていた。
「やり方　判ってるわね？」
ヤマトは　質問の意味が判らず　少し考えて言った‥〈バリカンで散髪すん？〉
「もう忘れたの！」
ヤマトは　体を小さくして　絶望的に　オードを見上げながら　頭を左右に振った。
「あたしが話すから　君は黙っててていいのよ」
「そうだん　判ってん！　俺　何も言わんでいいん！」
オードは　戸を押して先に入り　ヤマトは続いた。内部は　窓側に沿って　歩廊が伸び　内部の方には　区分けした室が並んでいた。歩廊の左奥に　交番みたいな　事務室があった。オードが　戸をノックして開けると　奥の机に　三十代ぐらいの　精悍な顔の男が座っていた。オードが〝今日は〟

と声を掛けると　男は　椅子から立ち上がり　豊かな黒髪を一振りした。そして　腕で手前の席を勧め〝ファルコーネだ〟〝ダヴィッド・ファルコーネ〟〝持ち主だ〟と言った。ファルコーネ氏は　腹部に脂肪が貯まり　中背で　脳梗塞か何かで　右方に傾いでいた。〝ファルコーネ〟。イタリアの　あのシシリアで　ヤマトは　同じ姓の人に　何度も出会った。

ファルコーネ氏は　二人を一瞥して　すぐに　ヤマトが客だと見取り　ヤマトに向いて乱暴に言った：〈ここは　一時間　十ユーロだ〉――そして付け加えた。

「敷金は千ユーロでいい」

オードは　間髪を入れず　横から答えた：〈それ　水槽や椅子の借り代ですね？〉

ファルコーネ氏は　意表を突かれて　喉を払い　オードに向き直って　少し丁寧に答えた。

「そう　共通の待合室があり　その使用も含んでだ」

ファルコーネ氏は続けた。

「写真を撮り　フェイス・ブックやインスタグラムで流してあげる。特別のランプもあるし」

オードが　反応しなかったので　氏は続けた。

「インスタグラムに　予約用のホーム・ページを作ってあげてもいい」

オードは冷たく遮った：〈お金がかかるのでしょ？〉

「そりゃそうだよ！　この世で　金のかからない事はない」

「結構です。自分らで客を探します」

ファルコーネ氏は言った。

「それも良かろう」

「客が集まるまで　仕事場の借り代　後払いにして貰えますか？」

ファルコーネ氏は　眼をチラッと上げ　オードの顔を見た。

「つまり　前借りだな？」

それから　ファルコーネ氏は　優しく言った。

「俺も銀行に負ぶさってるから　何とかせねばならん　いや　何とかしよう」

突然　ファルコーネ氏は　話を変えた‥〈君の住所はどこだ？〉

「探している処です。必要なら　私から出向きます」

ファルコーネ氏は言った。

「ふむ　ホテル住まいか」

「そんな処です」

「ずーっと　この男の面倒　みて上げてんのか？　何の利益あるんだ？」

「利益？」

「男の給料の何割か　取るんだろ？」

「あたし　そう見えます？」

「うん　まあいい。銀行と話をつけなきゃならん。そうだな　明後日の今頃に　また来てもらおうか」

# 九

六月末の太陽は　街の舗道の角石を　容赦なく照り付けた。通る車は　舗道石でブルブルと音を立て　タイヤが軋り　微小な塵をばら撒きながら　通り過ぎていった。寝台は　ホテルへ返され　同時に　デモは解散され　国際艦隊ショーも終わった。

その日　オードはスチレット靴を　取り出した。お陰で　頭一つ背が高まり　ヤマトは下から　頼もしそうに　オードを見上げた。部屋を出る時　オードのスチレットは　カスタネットの　懐かしい音を響かせた。

施設の広間に　四角の木枠が立っており　そこに　新聞の綴じがぶら下っていたが　誰も触れようとしなかった。ヤマトは　四方を見回し　一つ取り　傍の丸机に置いて　広げてみた。最初の頁に黒字で〝ル・モンド〟と書かれ　開いてみて　見出しを読んだ。写真がなく　字が詰まっていて　ヤマトは　圧迫を感じて　気を集中できなかった。ヤマトは　それを木枠に戻し　別の綴じを見た。第一面に　桃色で〝ル・フィガロ〟とあり〝ル・モンド〟より　友好的に思えた。

ヤマトは　夜の十二時まで　広間で　豆辞典〝デイコ〟を引き引き　ル・フィガロ紙を読んでいた。オードは　帰ってこなかった。俺の為に　オードは二倍は働いている　可哀そうに　そう思いながらヤマトは部屋に戻った。寝台の上で　それとなく待ちながら　ウトウトし　黎明の薄ら明かりの中で眼が覚めた。夢の中で　カスタネットの音が　廊下で　控え目に　軋ったからだ。

　オードは　顔を火照らして　戸を閉めながら言った：〈君　いよいよ働けるわよ！　商用オリーヴ・カードを貰ってきたわ！〉

　オードは　手提げからカードを摘まみ出し　ヤマトに見せ　ヒラヒラさせながら　大事そうに手提げに戻した。

「会社の名　何にしようか」——そして　続けて言った。

「〝新芽〟っていうのはどう？　君にピッタリよ」

　ヤマトは　赤くなった：〈そうだん？〉

「君　少し仕事の準備しよう　ね？」

　ヤマトは　何事かと思って　急ぎ　過去の出来事を　振り返ってみた。

「準備はできてる？」

　ヤマトは　ますます面食らい　尋ねた：〈なにいん？〉

「ラ・リベルタよ！　ほら　こないだ行った！」

　オードは　呆れたように言った。

「もう忘れたの？　散髪よ」

　ヤマトは安心し　顔を綻ばした。

「忘れたんじゃないいん　すぐ出てこなんだ！」

ヤマトは　すぐに元気になり　手で　髪切る風をしながら　オードに言った。

「仕上げんのに　鋏と櫛が要るん」

そして　トランクをまさぐり　バリカンと袋を取り出した。

「袋の中　何が入ってるの？」

ヤマトは　専門家になって　答えた：〈スライド・アタッチメント！　長さ四センチにし　頭のてっぺん刈る。ほんで　長さ二センチか三センチにすん。そして　耳の周りと頭の後ろ刈るん〉

オードは言った。

「櫛はあたしが持ってるわ。鋏は薬局から借りてくる」

＋

七月になり　ルーアンの町は　夏休みに入った。住民は　車に荷物を山積し　近くの　ノルマンディ海岸や　遠くアルプスの山に出掛けた。替わりに　地元欧州の観光客が　町を満たした。物乞いが教会の出口で待ち構え　話し掛け　何セントしか入っていない皿を突き出し〝生きるに要るユーロ銭を〟と叫んでいた。セーヌの河岸では　マロニエの大樹の木陰に　白カモメが集い　眼をキョロ付かせながら　川面を見張っていた。川面で　小魚が飛び上がると　首を上げ　羽をびくつかせたが　いつも出足が遅すぎた。トンボが　時に水面に現れ　白カモメは　水平飛行を始めたが　餌はその前に消えた。水すましが　岸辺に現れると　三羽が　一斉に飛び掛かったが　三羽の腹には不十分だった。
オードは　七時に福祉施設を出て　夜は　早いと午後八時　普通は九時か十時に戻ってきた。ヤマトの店には　浮浪者みたいな客が　時々迷い込んできた。しかし　顧客になる人は　稀だった。二人とも　宣伝する手段を　知らなかった。オードは　暇があるのなら　勉強して　と言うだけで　少しも気にしなかった。ヤマトは　九時に施設を出たが　客がなければ　午後の初めに施設に戻り　広間に下りて新聞を読んだ。
白カモメは　陸地に獲物を求め始め　町に入り　建物の間を飛び回って　糞を落としていった。観光客が　休んでいるのを見ると　知らん顔し　その周りを徘徊しながら　食べ残しを待っていた。
避難民は　政府の通知を待ちながら　暇をつぶし　携帯をいじったり　町に出たりしていた。施設では　三時に近づくと　避難民は　白カモメのように　広間に集まってきた。ブルブルと　音を立てながら　車が着き　広間の端の長机に　サブロンやクッキーを置いていった。それは〝連帯オヤツ〟と呼ばれた。避難民は　一斉に群がって　すぐなくなった。
この日は　ヤマトは三時に施設に戻ると　二階に上り　ヴィニール箱を持って　下りてきた。そのまま　建物の外に出て　裏に回り　シナの木で囲まれた　荒れた草地に出た。それから　シナの木の太目の枝と　葉を探し　草地の真ん中に入って　枝で地を穿った。すぐに　ミミズの親子が　見つかった。ヤマトは　それらを大事にヴィニール箱に入れ　上から　枯れ葉を被せ　湿った土を乗せた。
ヤマトは　施設の二階に上って　箱を隠し　デイコを取り出して　広間に下りた。広間では　四人

の避難民が　窓際で　何か話していた。画報〝マッチ〟の　戦場の表紙が見えた。開いてみると　ヨーロッパでは　久しぶりの　戦争の写真が　一面を占めていた。

「その小っちゃい奴　何だ？」

とつぜん　毛むくじゃらの手が　頁を抑え　肩の後ろから　声が飛んできた。ヤマトは　ギョッとして　跳ね返った。それは　西欧風の顔立ちだが　顔が薄黒く　顎鬚が伸びた　若い男だった。ヤマトは　すぐに言葉が出ず　デイコを腕で隠した。

「その小っちゃい本　何だ？」

男は　ヤマトから　デイコをもぎ取り　開いて言った‥〈何だ！　シナ語の辞書か！〉

「んじゃなん　にほん語だん。日本から持ってきたん」

男はヤマトを遮って言った‥〈おめえ　少し話せるやんか。読んで　何の役に立つ？〉

「うう　買い物をすん時ん」

「何を買うんだ？」

「農園　買って　鶏　飼って……」

相手は　奇妙な声で笑い出し　顔の前で　ハイを追っ払うように　手を振った。

「まあいい。俺　ラシッド　アルジェリアからだ。おめえの名は？」

「ヤマトだん」

ラシッドは　手を差し出してきた。ヤマトは嬉しくなって　彼の手を強く握った。

いつの間にか　サブ・サハラの女が　横にいて　申し訳なさそうに　ヤマトに話しかけた。

「君　どこから来たって？」

女の眼は　白眼の部分が真っ赤で　乾き　すぐにでも泣きだして　眼を潤わしたそうだった。なのに　その涙が出てこず　いったい　どこに行ってしまったのか　判らなかったのかも知れない。

「イタリアからん」

女は怪訝な顔をして…〈あら　あたしもイタリアからよ。君も地中海　渡ってきたの？〉――ヤマトは　赤くなって　言い直した。

「シベリア　渡ってきたん。日本からだん」

相手は　赤い眼を瞬いて　無感動に〝多分　君も　ついてないのね〟と言った。

「日本？　君　日本と言ったわね？」――突然　別のサブ・サハラ女が　加わってきた。そして〝聞いて頂戴〟と言って　自分の経歴を　話し始めた。

「あたし　マフィアに引っ掛かり　大阪で降ろされ　給仕として働いたんだ。けど　それが売春の網で　すぐにシベリアに連れていかれたの。けど　そこで見つかって追放　ナイジェリアに追い返されちゃった。でも　勉強したくて　リビアの大学に行こうと思い　越境したら　国境で別の売春網に売られて　妊娠し　仕方ないから　ヨーロッパに来たの。ここは　売春しなくていいから　天国だわ」

眼の赤い　サブ・サハラの女も　頷きながら言った。

「エチオピアじゃ　飛行場で暴行されたけど　ここじゃ　暴行されないから　いつまでもここにいた

いわ」

ナイジェリアの女は言った…〈そりゃあ　自分の家がありゃ　暴行されないわよ〉――そして続けて言った。

「子供が学校に入って　勉強し　昼間はちゃんと食べているから　今は幸せよ」

赤い眼の女は言った…〈子供のせいで　私も学校に行って勉強する気になったわ〉

西洋人の顔をし　色だけが薄黒い女は　携帯を出し　指を滑らせて　皆に写真を見せた。それはタバコを押し付けられ　できた傷跡だった。

「この写真を　国にいる息子に送ったから　自分の父がどんなに獰猛な動物で　あたしが逃げてきたのを　分かってくれると思うわ」

「どこから来たんだ？」――ラシッドが尋ねた。

「モリタニアよ」――そして　手提げからナイフを取り出し　傷跡を　ゴキゴキと音を立てて　削り始めた。それに合わせ　大きな十字架が　胸元で　振り子のように　左右に揺れた。

「この国じゃ　腎臓が足りないのよ。そんであたし　カードをくれるんなら　あたしの腎臓を上げるって　提案したんだけど　返事こない」

エチオピアの女は　子供が待っているから　と言って　立ち上がり　ナイジェリアとモリタニアの女も　一緒に部屋に戻っていった。ラシッドは　ヤマトに付き合うように　椅子に座り　丸机の上に置いてある　画報〝マッチ〟の頁を捲った。

その時　オードが広間に現れ〝見つけた！〟と言いながら　ヤマトに近づいてきた。ヤマトは　新しい友達を　オードに見せたかった。大声で〝ラシッド！　オードだん〟と呼び掛けた。ラシッドは既に立ち上がっていて　そっぽ向き　階段の方に　歩いていった。面食らって　ヤマトは立ち竦んだが　オードは　澄ました顔をして〝急いでるんでしょ〟と言った。

二人になると　オードはヤマトに尋ねた。

「毎日　何してる？」

「新聞　調べてるん」

「調べてる？」

「言葉だん」

「ああ　辞書で調べながら　新聞を読んでるのね！」

オードは　ヤマトを抱きしめ　接吻した。ヤマトは　照れ臭そうに　見回し　誰もいないか確かめて言った：〈だって　やる事ないん〉

次の日　オードは出掛けて　帰らなかった。朝になり　ヤマトは遅く食堂へ下り　硬いパンを　カフェ・オ・レに浸しながら　食べていた。食堂は　閉まる十分前で　誰もいず　オードが音を立てずに　入ってきた。従業員は　声を掛けたが　オードの　険しい顔に睨まれ　口を閉じた。

ヤマトは尋ねた：〈仕事　行かなんでいいん？〉

「今日　休むわ」

ヤマトは　口を噤んでしまうと　パンを　千切りながら　俯いていた。オードは　横に来て座り頭を　ヤマトの肩に置き　震え出した。ヤマトは　やっと口を開いた。

「どこ痛いん？」

突飛に　オードが言った：〈この町から出て行こう！〉

ヤマトは　オードの頭を撫でようと　手を上げたが　それができず　食卓の上に戻した。

「俺　稼げんもんなあ」

「そんな事　問題じゃない！」

「お前　たくさん稼いでんのになあ……」

「そうじゃないの！　この町が嫌いなの！」

「俺ん嫌になったんなら　俺　日本に帰ってもいいん　船の乗員になって……」

「そうじゃないって！」

オードは　ヤマトを抱きしめ　顔の　眼の上や頬に　接吻し始めた。

「君と一緒に　ほかの町に行きたいだけなの！」——そして付け加えた：〈そして　子供をちゃんと育てたいの〉

「農園も　買わんと　な！」

「子供が先よ。子供ができかけてるの」

ヤマトは　足場を確かめるように　少しずつ発音した。

「こども？　俺にこども？」

「そうよ　子供ができるの」

「子供？　子供？」

そう言って　顔を真っ赤にし　ヤマトは　立ち上がって　大声で叫んだ。

「すんじゃ　農園は後にすんか？」

「そうね　農園には　もっとお金がかかるからね」

「子供　お金かからん。俺がいる！」

オードは言った：〈長距離バス　安いから　それに乗り　行ける所まで　行ってみよう！〉

## 十一

長距離バスは　要塞の町に近づき始め　その門は　口を開けた鰐のように　観光客を呑み込んでいた。要塞の壁は　薄黒い海石で作られ　散策する人の　五倍か六倍は高く　内側は隠れて見えなかった。バスは　要塞の門はくぐらず　左折し　要塞の壁に沿って　海岸通りを進んだ。厚雲の間から太陽がかいま覗いて　壁の上部が　薄明るく照らし出され　要塞は不気味な牢獄に思えた。港には大きな客船が停泊し　横腹に〝英国のノルマン島観光〟と書いてあった。バスは　そこで止まり　運転手の　若い痩せた女は　嬉しそうに叫んだ：〈終点！　天国に着いたわよ！〉

駐車場は　海風で地面が湿り　所々に　水溜まりがあり　雑草が生えていた。乗客は　前から順にバスを下りた。外に出ると　海からの冷たい潮風が　ヒューっと　オードとヤマトに　吹き付けた。二人は　軽装の襟を立て　体を　風下へ向け直し　顔を顰めた。どこからか　サブ・サハラの男が現れ　バスから　荷物を一個ずつ　引っ張り出し始めた。オードは　大袋を受け取ると　そこから　コートを二つ引っ張り出し　二人は肩から被った。オードは　バスに向いて手を振り　若い女は　陽気に叫んだ：〈市役所　門から街に入って　右側よ！　歩いて十分！〉

二人は〝有難う！〟と叫び　オードは　大袋を引っ張り　ヤマトは　トランクを引き摺った。広場を出て　二人は振り返ったが　バスは既に　ルーアンの過去と共に　死骸のように見えた。

二人が　要塞の門に近づくと　その横で　赤い旗が海風で閃き　記入されている字がやっと読めた：〝サン・マロに　ようこそ〟。門を入ると　石畳の広い通りに出て　両側に　カフェやレストランが並び　観光客で溢れていた。

すぐ右手に　パン屋があり　オードは言った：〈朝ごはんを買おう〉

オードは　牛肉サンドイッチを選び　ヤマトには〝これが良い〟と言い　マグロとトマトのサンドを選んだ。パン屋の女は　紙袋に入れると〝はいよ　若いの！〟と叫びながら　二人に突き出した。二人は　サンドを齧りながら　歩いた。オードは　紙袋を捨てようとし　見回し　塵籠が見つからず手提げに捩じり込んだ。

急に　オードは立ち止まり　空を仰ぎ　息苦しそうに　深呼吸をした。

「俺　大袋を引く」――ヤマトは　そう言って　オードから　大袋を取ろうとした。オードは　手で遮って　言った：〈君には無理。大丈夫　少し休めばいいの〉――ヤマトは〝そうなん？〟と言って手を引っ込め　申し訳なさそうに　顔を伏せた。

市役所は　石畳の通りの奥の　城の中にあった。二人は　混雑する人通りの端に　トランクを置き一緒に座って　一息ついた。

「君　ここで　荷物を見張っててね」――そう言って　オードは　城の石段を　ゆっくり　背を丸めて　登っていった。

要塞の壁から　二羽の白カモメが降りてきて　ヤマトの傍を　知らん顔して　ほっつき回り始めた。ある観光客が　空の手を伸ばしたが　白カモメは　首を振って　そっぽを向いた。

オードは　背を丸めたまま　戻ってきた。

「要塞の内側　部屋代　とても高いんだって」――それから　大袋を掴んで言った。

「だけど　入り江の岸に　料理学校があって　生徒用の宿舎を貸してるんだって」

二人は　要塞を出て海岸に向かい　波打ち際で　それに沿って伸びる　セメントで固めた散歩道に出た。そこから　車道を右に二つ横切ると　広場になり　大きな国際会議場と　カジノのドームが並んでいた。広場を出て　左に曲がると　途端に　上空が海の果てまで開け　青空に　小さな浮雲が二つだけ　小さく凝縮して浮かんでいた。そこが　凹型に工作された　入り江だった。左岸は　セメント板が敷かれ　幅広く　薄汚れた倉庫が　入り江に沿って並んでいた。対岸では　巨大な起重機が

二隻の　停泊した運搬船に　大きな俵を積み込んでいた。ヤマトは　顔を顰めて言った。
「でっけえ　でっけえ。頑丈だん。けど　冷てえ！　凍りそうな街だあん！」
オードは　ヤマトを見やり　不審そうに〃そう？〃と言って　歩き続けた。
二人は　入り江の岸に沿って　歩いて　幾つかの横道で区切られた　倉庫群を通りすぎた。続いて旧い倉庫があり　入口の上に　黒字で小さく　掲示が見えた：〃カフェ・アトランチック〃
昼前で　まだ客はおらず　内部は　兵営の食堂みたいに　広くて整頓されていた。長机と　対になる長椅子が　一から十まで　番号を振って　順序よく配置されていた。各々に　向かい合って　十人は座れた。一画に　二人用の食卓が　十個ぐらい　申し訳みたいに　かたまって並べてあった。その奥に　腰高の渡し台があり　更に奥が　調理場になって　調理台や棚が並んでいた。調理場では　昼食の準備で慌ただしく　白衣と白帽が動き回っていた。入口の右手に　二十数段の階段があり　登った所に　曇りガラス張りの複式部屋が　浮かぶように突き出ていた。中では　人の動くのが見え　そこが事務室らしかった。
オードとヤマトは　大袋とトランクを下に置き　階段を上り　戸をノックして開けた。中年の男が素早く立ち上がり　手を差し出しながら言った：〈今日は！　ヤニック・ブルトン　この学校の経営に携わっています。初めてお会いしますね？〉――男は　オードより頭一つ　背が高かった。
オードは　握手しながら　語調を変えた：〈初めまして！　市役所から　宿舎をお持ちだとお聞きし参りましたが……〉

オードの声は　ヤマトがシシリアで聞いた　歌劇での　詠唱みたいに　叙情的に響いた。
ブルトン氏は言った。
「確かに！」
オードは　間を置かずに　言った‥〈私達　宿舎を探しているのです〉
「それは困った！　ここの宿舎は　学校の生徒用なのです」
ブルトン氏は　ヤマトをチラリと見て　それから　オードに戻って　躊躇しながら聞いた。
「失礼ですが　どんなお仕事をなさってますか」
「私は薬局の助手で　この　ヤマトの方は〝若芽〟という個人事業をやっています」
「ほう　個人事業！」
その嘆声は　ヤマトの自尊心を擽り　勇気づけ　ヤマトはオードの脇から　せき込んで叫んだ‥〈農園を買おて　鶏を飼おて　大豆とソバ麦を……〉
ヤマトは　計画中の図を　空に　描き始めたが　オードは　その手を押さえた。
「まだ準備中で　将来の計画ですが……」
ブルトン氏は　慇懃にオードを遮った‥〈そりゃ面白い　うちでは　ガレットの原料のサラザンを栽培していますよ　日本のソバ麦みたいなものです〉
ヤマトは　夢の中を彷徨うように　トランクから　ミミズの箱を取り出した‥〈そんで　ミミズも……〉

ブルトン氏は　子供に対するように　寛大に頷いた。

「そう　ミミズを増やせば　実りは一割は上がる……」

オードは　仕方なく　言った。

「ヤマトは　ミミズを飼っているのです」

ブルトン氏は　奇妙な顔をしたが　すぐに〝幼な心ほど尊い物はない〟と呟いた。

「ヤマト君は　うちで働いてみませんか。うちはガレットとクレープを作る学校です。そしたら　部屋をお貸しする事もできるし　将来はソバ麦や　その何でしたっけ――大豆？――の栽培もやれる」

「でも　ヤマトは今まで　料理やった事ないのです」

「彼なら　二週間の研修で　できるようになるでしょう」

「彼ならって？」

「彼　日本人でしょう？」

「それはそうですが……」

「日本人は器用です。それに　執着力がある」

「確かに　ヤマトには根性があります。ただ　人と話すのが苦手で……」――と言いかけ　急いで付け加えた。

「でも　聞く方は　イタリア語に慣れていたので　問題ありませんが」

ヤマトは　オードがサバを読んでる　と感じ　不安になり　顔が熱くなった。ブルトン氏は　ヤマ

トの戸惑いを　打ち消すように　話を逸らした。
「その方がいい！　私の妻も日本人で　余り喋りませんが　黙ったまま　必要な事は全部やってくれます」
オードは　口を心持ち開けたまま　黙ってしまった。
「それに　個人企業なら　商用オリーヴ・カードを持っていますね？　私には都合がよい。従業員ではなく　顧問として働いて貰おう。お金は謝礼金とし　働いた時間だけお払いする。これで　お互いに自由に行動できる」
それから　独り言のように　言った。
「普通　六週間の研修が要りますが　ヤマト君なら二週間　いや　一週間で十分でしょう」
ブルトン氏は　奥の机の女に　呼びかけた：〈ニナ　二人用で　どの部屋が空いてる？〉
それから　オードに目配せした：〈三人になると　ちょっと狭いかもしれないけど〉
ニナは　電算機で打ち出し　紙をブルトン氏に渡した。
「212号がよい　ニナ　そこにお連れして」
それから　オードに向き直った。
「カナ子を　ヤマト君に付けます」
そして　内胸からペンを取り出し　机上から　紙片を取り上げ　書き込んだ。
「私の電話番号です。何かあったら　連絡して下さい」――と言って　長い腕を伸ばし　オードに渡した。

オードは　ニナについて立ち上がり　ヤマトは　状況が読めないまま　それに続いた。

二階に上り　部屋に荷物を置くと　オードは〝少し歩こう〟と言った。オードは　海岸に向かって今来た道を　戻り始めたが　右に早く曲がりすぎた。オードは　頭を振りながら　引き返し　波打ち際の散歩道に　やっと辿り着いた。ヤマトは　オードに追い付きながら　大声で叫んだ。

「楽しそうな街だん！」――そして　思い出したように　付け加えた。

「長え長え！　手も足も！」

オードは　振り返って　微笑んだ。

「誰？　ブルトン氏？　だから　この国の人　不器用なのよ。だから　器用な日本人　受けるのよ」

「ぶきようなん？」

「君　短いから　器用なのよ」――ヤマトは　感嘆したように〝ふんだあ〟と言った。

オードは　散歩道の長椅子に座り　時々　沖に眼をやりながら　煙草の葉と紙を取り出した。煙草を巻き　口にくわえると　ライターを　胸ポケットから出して　火を点けた。最初の息を　深く吸い込むと　口を丸め　フッフッフッフッフッと　四度はき出した。煙は　四つ輪になって　沖に向かって飛んだ。黒カモメが　輪を捕えようとして　オードの前に　飛び降りてきて　不思議そうに眼をきょろつかせた。餌がないと判ると　びっこを引きながら　オードに近づいてきた。オードは　手提げを開いて　中から　丸めた紙袋を取りだし　開いてパン粉を叩いた。すぐに　一羽の黒カモメが現れ　オ

ードの前で　駆け回って　争い始めた。どこからか　二羽の白カモメが現れ　黒い二羽を追い払い
それから落ち着いて　パン粉をつつき始めた。
オードは　カモメ達に　話しかけた‥〈ねえ　君ら　ようやく　辿り着けたわよ！〉
「なん？」――ヤマトは　聞いた。
オードは　ヤマトの手を取って　引き寄せた。
「あたし　これから仕事を探しに行くけど　まず部屋に戻ろう。着物を着替えなきゃ。ブルトン氏に
お腹が膨れてるの　ばれたからね」
二人は　学校の宿舎に戻り　オードは　ワンピースを身に着け　ヤマトに尋ねた。
「どう？　これで判らないわね？」
「んだけど　どうして？」
「妊娠中だと判ると　雇ってくれないからよ」
ヤマトは　黙って顔を伏せ　上目で　オードを覗きながら　答えを探した。そして　自信なさそう
に　呟いた。
「俺　二人ぶん働くん　大丈夫だん」
オードは　夕方前に戻ってきた。
「三軒目に見つかったわ」――そして言った。
「今晩は　君の学校の食堂で　ガレットを食べよう！」

宿舎の夕は　上げ潮の寄せる音が　微かに　地音のように　絶え間なく響いた。時にカモメが　あちらこちらから　ギャオギャオと　話し合うように鳴いた。ヤマトは　夢から覚めかけ〝鶏ん　どこで卵うもうか話してるん〟と寝言を言った。
翌朝　ヤマトが料理学校に行くと　すぐに　女が近づいてきて　乱暴に言った。
「カナ子よ。これからガレットを作んから　見てんな。ホットケーキみたいなもんよ」
カナ子は　下の棚の冷蔵庫から　サラダ用の　鉄製の鉢を取り出し　ヤマトに言った。
「これ　仲間がまとめて作ったの。ソバの練り粉だよ」――そして続けた。
「キロ当たり　二十四個のガレットができん。いつも偶数よ。なぜか判る？　判らんだろ？　それ　必ず二つの丸鉄板ならべ　十秒の差で焼くからよ。左右の丸鉄板　左目と右目で見張りながら作るんよ」
カナ子は　大きな匙で練り粉を　鉢から掬い　左の丸鉄板の真ん中に　一滴だけ垂らした。十秒経って　右の丸鉄板の真ん中に　練り粉を　一滴だけ垂らし　残りを鉢に戻した。そして　左の丸鉄板上の生地を　木製の平匙で　走査機のように　八方に広げ始めた。次に　右の丸鉄板で　同じ作業を始めた。
その間にも　喋る時間を見つけた：〈鉄板焼きと違うんは　片面した焼かないことなんだ〉――そして　更に言った。
「広げた生地に　具材を乗っけ　円形の端を　四方から平匙で掬い上げ　形が四角になるように包み込むんよ」

具材は　チーズや卵や野菜やクルミで　それぞれ　鉢に入れられて　棚の上に置いてあった。できたガレットを　皿に移した後は　布で　丸鉄板を拭って　綺麗にするだけだった。

「あんた　やってみる？」

カナ子は　木製の平匙を　ヤマトに渡した。

ヤマトは　カナ子が拭き終わった　丸鉄板の前に立ち　教わった通りの　操作を始めた。

カナ子は　後ろから二分か三分　見ていたが　呆れてしまい　頭を振り振り唸った：〈あんた　頭完全に行かれてんね！〉

ヤマトは　困った顔をして　肩を竦めた。

「でなきゃ　こんなに早く　できっこないよ！」

昼になると　仕事着の漁夫や　学生たち　それに子供連れの家族が　たちまちの内に食堂を満たした。生徒給仕が　客の間を走り回り　注文とって　注文票に書き込み　それを渡し台に持ってきた。カナ子が　それらの注文票を　具材で分け　料理人たちへ　配分していった。カナ子は　横目でヤマトを監視し　時々〝行かれてる　クルクルパーだ〟と呟いた。時には　黙ったまま　人差し指　頭に当てると　クルクル回した。

料理学校は　午後の三時に　閉められた。カナ子はヤマトに〝それじゃ明日は　練粉の作り方をやろう〟と言い〝もう帰っていいよ〟と言いながら　残っていた一枚のガレットを紙袋に入れて渡した。

212号室　オードは寝台に横たわり　両手で　腹を撫でながら　ボンヤリと天井を見上げていた。

ヤマトを見　横向きに起き上がり　陽気に　大きな声を　投げかけた‥〈どうだった？〉

ヤマトは〝まああだねん〟と答えた。そして　黙ってしまったので　オードは　まずい事があったのかと　その後は聞かなかった。そして　はしゃぐように　話を変えた。

「薬局の仕事　すぐに見つかったわ。でも　お腹が大きいの　バレちゃった！」

ヤマトは　やっと口を切った。

「俺　行かれてんだって」

オードは　奇妙な顔をし　尋ねた。

「そんな事　言ったの　誰？」

「カナ子だん。けど　俺の作ったガレットくれたん」

オードは　澄ました顔をして　起き上がり　食器棚に近づいて　皿を一枚取り出した。次に　紙袋を開いて　丁寧に　ガレットを取り出し　皿の上に置いた。それから　ガレットを千切り　一片を取り　ヤマトに近づいて　口に入れてあげた――それは　神父様が教会で　信者に　聖体を授ける　その儀式に似ていた。

十二

沖からの　冷たい潮風は　いつの間にか　方向が変わって　街の塵の臭いと共に　花の香や虫の臭

いを運んでくるようになった。
朝の五時　オードはヤマトを　揺すぶり起こした。そして　心配そうに　言った。
「子供が落ちてきそう！」
オードは　緊急用の十五番に電話したが　自動応答が〝お待ちください〟と　繰り返すだけだった。
何回か　試みた後に　いよいよ　待てなくなって　オードは喘ぎながら　ヤマトの手を握って言った‥〈下に降りて　タクシーを探してきて！　早く！〉
その手は　汗で湿っており　ヤマトは　怖くなって　体が震え出した。ヤマトは　ズボンに足を通し　上着を摑み　階段を駆け下りて　外に出て周りを見渡した。
晩春の外は　まだ真っ暗だったが　眼が慣れると　月光が入り江の波で反射し　周りが微かに見えだした。遠くに　要塞の門の辺りが　赤灯で　うっすり照らし出されて　タクシーが見えた。ヤマトは　懸命に走った。しかし　タクシーは　いなくなった。ヤマトは　要塞の中に入った。盛り場のカフェや土産店は　夜明け前に　開店の準備を始め　鎧戸を開け始めていた。
ヤマトは　机を並べていた　カフェの男に‥〈タクシー！　どこだ！　どこで取れるん？〉——と叫んだ。男は　作業を続けながら　考え込み　顔を顰めて　頭を横に振った。土産店の　半分上がった鎧戸の中に入ったら　若い女が　キャーッと叫んだ。タクシーは　どこで見つかるか　と聞いたら意味が判らず　店の中に逃げ込んだ。ヤマトは　外に戻ると　独り言を言った‥〈落ち着くん　ほかん事　考えるん〉

石畳は　朝露で濡れて　歩き難かった。石畳は　パリとは違って　自然の子石が　細工されないまま　敷いてあった。綺麗だけど　滑りやすく　走ると足が痛い。オードの　腹の中から　赤ん坊がポツンと落ちると　とても痛かろう！　ヤマトは　その場面を　想像してみた。〃ダンポポ〃あの日本料理屋　あの広場　何と言ったん　ブルトン氏が　その広場に住んでるん。そこに　オードと一緒に招待された。氏は何かあったら　連絡するように　電話番号をくれた。

ヤマトは　漠然と覚えていた　その広場に向け　石畳を飛ぶように　夢中で走った。その建物に着くと　誰か出て来るのを　祈りながら待った。数分して　早起きの男が　内から　戸を引いて開け忙しそうに出ていった。ヤマトは　開いた戸に滑り込み　中で　住人の名を探した。あったあった！ブルトン　そのボタンを　押し続けた。やっと　男の声が〃何用だ！〃と怒鳴った。ヤマトは叫んだ‥〈俺んす！　ヤマトんす！　子供生まれん　タクシーないん！〉

「よし　戸の前で　待ってなさい」

ヤマトは　動悸が激しく　座り込んだ。車の音がし　前の扉が開かれ　中から〃乗りなさい〃と　声がかかった。ブルトン氏が〃宿舎だな？〃と言うと　車は　凸凹の石畳の上を　転がるように走りだした。ヤマトは　座席の上で下顎が震え　車の窓は　今にも壊れそうな　不調和な音を立てた。ヤマトは　バックミラーに自分を映し　相好を崩し　密かに思った‥〃ようよう土地の人と肩を並べたん〃

車が　宿舎の前に止まると　二階窓から　オードが顔を覗かし　車に向かって手を振った。ブルト

ン氏は　大丈夫のようだ　と呟き　ヤマトを落ち着かせるように　静かに言った。
「ここで待ってる。奥さん　連れておいで」
ヤマトは　建物の階段を　二段ずつ　飛ぶように登り　暗闇の中に消えた。オードが　寝間着で現れ　脇下から　黒々とした　ヤマトの頭が覗いた。ヤマトは　片手を手摺にかけ　オードに　首を絞められるように　喘ぎながら降りてきた。それを見て　ブルトン氏は車から出て　二人に近づき　オードの他方の脇の下から担ぎ　車の後ろの席に寝かせた。車は　ヤマトを前席に乗せると　オードの指示で　コーエン医院に向け　ゆっくり走った。
コーエン医院は　開院の準備中で　電気が灯り　入口は広く開けられ　車椅子が置いてあった。ヤマトは　ブルトン氏と一緒に　オードを抱え　車椅子に座らせた。看護婦らしい　サブ・サハラ女が現れ　二人を押しのけ　車椅子を摑んで　悠々と奥へ押して行った。オードは　手を上げて躍らせヤマトに〝待合室で待ってて〟と叫んだ。
ヤマトが　待合室に入る時　ブルトン氏は　紙切れを渡しながら　ヤマトに言った：〈奥さんは　ここで夜を過ごすだろう。私は帰るけど　何かあったら　走るんじゃなく　ここに電話なさい〉
待合室には　壁時計が掛かっており　ヤマトは　それを睨みながら　次に起こる事を待った。ヤマトは　オードが前々から　何度も　繰り返して言った事を　思っていた：〝生まれる時には　君を呼んで　立ち会うようにするからね〟
十五分。廊下に　微かな動きが感じられ　戸が開き　オードが　車椅子に座り　赤子を抱いて現れた。後ろに　コーエン医師が　立っていた。

オードは　肩を竦めて　首を左右に振った。

「君を呼ぶ前に　生まれちゃったの」

医師は　赤子を取り上げると　ヤマトに〝手を伸ばして〟と言って　抱っこさせた。赤子は　ヤマトの眼の下で　右腕を　革命児のように突き出し　眼を顰めて口を動かした（ヤマトは　キューバ革命の　古い　そんな写真を　見た事があった）。しかし　赤子から　声は出てこなかった。ヤマトは　照れながら　言った。

「俺に　ちっとも似てないぃん」

コーエン医師は　首を左右に振って　言い直した。

「赤子は　誰にでも　似る事ができるんだよ」

十三

夏が近づき　太陽の陽は日に日に強くなり　料理学校では　庭に咲くアジサイの花が　真っ青に満開した。ヤマトは　それを見ながら　北海道では　赤と白と紫の　三色あったように思った。しかし頭が混乱して　記憶は　考えれば考えるほど　不確かになってきた。
貯金は　オードによると　一万ユーロを越した。オードは　銀行に家族口座を作り　毎年　何をし

ないでも　利子が三％も付くようになった。
海岸では　波止場が〝く〟の字をなし　沖へ延びていた。その内側で　砂浜は百メートル位の幅はあり　遠くに　海に浮かんで見える絶壁まで　霞んで見えなくなるまで伸びていた。砂浜では　ヴァレーボールで遊んだり　乗馬したり　散策する人々で溢れ　世の憂いも霞んで見えなかった。所々に砂浜でかき集めた昆布が　山と積んであった。
砂浜の　陸地の側では　ごつい岩が　数メートル高に積まれ　満潮時の防波堤になっていた。所々に　石階段があり　その上に　十メートル幅の散歩道が　セメント板を敷いて伸びていた。中年夫婦が　携帯を耳にしたまま　乳母車を押していった。老夫婦が　背を曲げて頭を突き出し　腕を組んでトボトボ歩いていった。若い男女が　体に張り付いた薄着で　走り抜けていった。
午後の初め　オードが料理学校に来て　ヤマトを呼び　険しい顔をしたまま　外に出ようと言った。ヤマトは　後をカナ子に頼んで　白衣を脱ぎ　オードを追って　急いで外に出た。オードは　ベンチに座って　入り江を見ていた。ヤマトが　横に座ると　オードは　頭をヤマトの肩に置き　両手でヤマトの手を取った‥〈乳ガン　あたしの体に　広がってるんだって〉
ヤマトには　それは他人事のように　聞こえた。オードの　頭の小刻みの震えが　肩から　ヤマトの体全体に　伝わってきた。ヤマトは　何か言おうと　気を集中した。しかし　言葉が浮かばず　代わりに　右手でオードの頭を押さえ　震えを止めて上げようとした。オードは　その上に自分の手を置き　ヤマトを慰めて言った。

「ガンって　今は　治る病気よ」

ヤマトは　やっと言葉を　見つけた…〈運　悪いん〉――そして　計画はどうなるかな　と考えた。

「そんじゃ　農園買うの　待つん」

オードは　笑いを作って　言った。

「そうね　しばらく待たないとね」――それから言った。

「君は仕事があるから　タローの世話　姉のマリーに頼んだわ」

「俺に　俺にゃ　乳がないもんな」

オードは　微かに震えて　微笑んだ。

「マリー　子供もってるから　慣れてるわ」

オードは　ヤマトの手を取って　胸に当て　言い聞かすように　強く言った。

「でも　週末ごとに　会いにいってね？　約束よ！」

ヤマトは　それには答えずに　言った。

「一番の病院に行くん。どこだん？」

「パリの　ヴィルジュイフ市の　ギュスタヴ・ルーシ病院かな？」

「うん　そこに行くん」

「断られたわ」

「何いん？」

オードは言った。

「安息所に行くべきなんだって。それで　この町の〃安息の宿〃に予約したわ」

# 十四

夏が終わり　陽も目立って弱まり　観光客は　秋風を感じ取って　上着の襟を立てた。夏が去ると共に　大西洋の女は　華やかさを失い　大西洋の男は　太って見えた。
ヤマトは　料理学校に行って　電話を借り　初めてマリーに電話し〃タローは元気なん〃と尋ねた。マリーは　すぐには答えず　数秒経ち　戸惑いを隠すように　陽気な声が返ってきた：〈とても元気よ！　うちの猫とよく遊んでいるわ〉——それから　タブタブという　タローの声が聞こえてきた。ヤマトは　受話器の前で相好を崩し　マリーに〃有難うんす〃と答えて電話を切った。
それから　近くの浜辺に出て　パン屋で　クロワサン・オ・ザマンドを買い　海岸に出た。むかしオードと腰かけた　ベンチに座った。すぐに　二羽の白カモメが　やって来て　ヤマトの周りを　何気なさそうに徘徊し始めた。ヤマトは　クロワサンの粉を叩いて　立ち上がった。
ヤマトは〃安息の宿〃に向かう前に　海岸沿いの　花屋〃モンソー〃に寄って　アジサイを買った。〃安息の宿〃は　海浜に面しており　窓から　砂浜で遊ぶ人達や　島回りの観光船が見えた。会議室は　その三階にあり　倫理委員会は　月の第三週の水曜　午後二時に開かれた。委員たちは　外での

会食を終えると　酔い覚ましに　十分そこらは歩いて　この家に着いた。家のホールは　見舞客で混雑しており　委員たちは　赤い顔で雑談しながら　客の間を突き抜けた。ホールの奥に　押し戸があって　それを開け　譲り合いながら　戸後ろの階段を昇っていった。代わりに　エレヴェータもあるが　人目を避け　酔いを醒ますには　階段の方が適していた。

会議室は　三階の310号室で　真ん中に　机と椅子があるだけで　床も天井も壁も白かった。何らの装飾　居心地や魅力さえも　避けられていた。委員たちは　部屋に入ると　まず　開いた窓に近づいて　海浜を一望した。遠くに響く　潮騒の音とカモメの鳴き声は　人生の　気の滅入る宇宙に入る前に　別の宇宙もあることを呼び起こしてくれた。

この日は　二十人ほどの委員がおり　渋々と　声を掛け合って　四角い机を囲んで席についた。その中には　主治医　ガン専門の医者　薬剤師　厚生と生理倫理が専門の法学部の教授　倫理と認識論が専門の哲学者　臨床心理学者　それに　看護婦　作業員　教区の信者有志　などがいた。

議長の　法律家のルボン教授は　一同を見回し　机に肘を伸ばして　上体を屈めて言った。

「さてと　それじゃ　第八回の倫理会議を開きましょう」

それから　分厚い書類を開いて　言った。

「今日の　緊急の問題は　206号室の患者です。この患者は　まだ　自分の素性を明かそうとしません。そんな状況なので　警察に調査を頼んでいるところです。それで　デュポン医師　病状はその後　変わったでしょうか」

デュポン医師は　簡単に答えた。

「病状が　更に進みました。ガンが骨に移っているので　非常に痛がり　鎮静剤――トランキシーンですが――その量を増やしながら注射しています」

看護婦の　マルタン夫人は　神経質そうに言った。

「本人は　夫らしい男のいない時に　私に　早く死にたい　死なせて下さいって　頼んできます」

――マルタン夫人は　続けて言った。

「夫と名乗る男　ここ二週間　部屋で寝起きして　付きっ切りで　看護しています。その男　時々食べ物を買いに　外に出るだけです」

午後の満ち潮が　雲を引き摺ってきて　海風が吹き　庭園のカエデから会議室に　薄紅い葉が迷い込んできた。雷雨が　猛烈な勢いで降り始め　委員の一人が　急ぎ立ち上がって　危うく窓を閉めた。窓の外で　無数のカモメのガウガウと鳴く声が　悪魔のように響き　会議室は真っ暗になり　誰かが部屋の電気を点けた。幾つもの閃光と　壁を破るような雷音の後　急に　太陽が新たな熱を持って照り始め　一人が立ち上がって窓を開けた。

ヤマトは　雷雨に襲われる前に　危うく〝安息の宿〟に　滑り込んだ。花束を抱え　傷めないように　注意して　階段を二階まで上り　２０６号室の前に立った。滑り戸を　少しずつ引いて　中に入り　音を立てないように　戸を閉めた。

「誰？」――オードは　顔を回そうとし　頭を上げ　そのまま下ろし　眼だけ回した。とつぜん　オードの朦朧とした意識の中に　男の姿が浮かんだ。
オードは　幻想の中で　叫んだ：〝ファルコーネさん！〟――そして　言った：〝お願い　お金　もう少し待って！〟
すると　その男の姿は　徐々に　中年で中背の　太った男の姿になっていった。その上　幻想の中のファルコーネは　髭を生やしていた。氏は言った：〝約束は約束だよ！〟――氏は更に続けた：〝君の　散髪屋が　今の仕事を続けたいのなら　わしの言う事を聞いた方がいい！〟
その声は　太った体に似ず　毛糸のように　頼りなく聞こえ　タドタドしくなった。すると　いつの間にか　声の主は　ヤマトの顔に変わり　オードを睨んで言った：〝お前　ファルコーネ野郎ん　体を売ったたん？〟
オードの　薄れた声は　掠れた：〝君の為に　何とかしたかったの！〟
ヤマトの声は叫んだ：〝なん　そんなこつ　しよって！〟
オードは弱々しく言った：〝だって君　あたしの為に　住み辛い　この国に住み続けて　苦しんでるんだから！〟
ヤマトは言った：〝タロー　誰の子なん？〟
オードは叫んだ：〝間違いなく　君の子よ！　だって……〟
ヤマトの声は　疑い深そうに　オードを途切った：〝それそれ　いつも独断的なん　お前ん言うこつ！〟

オードは　勝ち誇って　言った‥〝混血児の顔　してるもの！〟

ヤマトの声は答えた‥〝南部のイタリア人　みんな　こんな顔をしてるん！〟

オードは言い返した‥〝それじゃ　遺伝子を調べれば　判るわ！〟

ヤマトは　嘲笑するように　答えた‥〝やあだ！　お金かかるん〟

オードは　冷笑的な語調に驚き　見返したら　その顔はタローになり　誰かの腕の中で泣いていた。

そして　そのタローを　膝に抱き　懸命にあやしているのは　ファルコーネ氏だった。ファルコーネ氏は　あやしながら　繰り返した‥〝タローのパパ　俺だもんなあ。タローのパパ　俺だもんなあ〟

「ウソ！」――オードは　絶望的に　叫んだ。

その叫びに　ヤマトはびっくりして　立ち上がり　オードに屈み込んで　肩を揺すった‥〈のど渇いたん？　水飲むん？〉

そして　酸素吸入の管が　ちゃんと　鼻に掛かっているか　触ってみた。オードは　眼をやっと開き　喘ぐように　ヤマトに尋ねた‥〈何してたの？〉

「不動産屋　行ったん。農園の売り手　探したん」

「そうだ　農園だわね」

「海岸　遠いとこ　頼んだん」

「そう　その方がいいわ」――そして　付け加えた。

「牛　飼わないとね」

「うん　だけど　鶏だん」

オードは　間違いに気が付き　上向きのまま　照れ臭そうに　頬を歪めた。そして　上掛けの下から　左手を出し　ヤマトの手を探し　その上に置いた。

「でも　なるべく　傍にいてね」

話す途中から　オードは口を大きく開け　喉は　酸素を探しながら　ゼーゼーと鳴った。

「早く　早く買おう！　痛いわ！　背中が痛い！　赤ボタン押して！」

ヤマトは　赤ボタンを押し　少し待った。

「誰も来なん。俺　呼んでくん」

「いいわよ　いいわ！　君　ここにいて！　痛い！」――そして言った。

「そこに　注射と液　置いてある」

「うん　あるんけど」

枕机の上に　薬液の容器があり　その横に　白紙を敷いて　注射器と布巾が見えた。容器には〝トランキシーン〟と記載され　赤字で〝一日分の許容量〟と　注意書きされていた。

「注射器……　液に浸ける……　吸い取る……。そして　ここに……」――オードは　上掛けの下で左腕を　モゾモゾと動かし　どうにか滑り出させた。その腕は　大根のように　青白く　干乾びていて　細かった。そして　肘の内側から掌の甲まで　血管が　注射の跡で　青黒く膨らんでいた。

「注射　苦手なん」

「君　器用……　やれる」

ヤマトは　注射器を取り上げ　先端を　オズオズと容器に浸し　僅かだけ液を吸い上げた。そして新しい血管を探したが　見つからず　青黒い注射の跡に　針を射し込んだ。注射液は　穴を流れるように　抵抗なく　オードの肌の中に　流れ込んでいった。少し経って　唸り声の合間に　急に　オードは声を出し　ヤマトに言った。

「農園　買うのよ」

「そうだん　鶏を飼うん」

「タローもいる……」

ヤマトは　悲しそうに　答えた‥〈そうだん　タローもおるん〉

「背中　痛い。あたしの　向き変えて！」

ヤマトは　オードの背の下に腕を入れ　痩せた体を　横向きに押したが　微動もしなかった。オードは　自分でやっと　背をずらした。

「あたし　君と知り合った時　覚えてる？」

「うん　シシリアだん。そこで　農園買うん　思い付いたん」

「三年前よ……　怖かった……　時経って　気持ち　擦れて……　萎れるんじゃ……」

「なん？」

「何でもない……。あたし達　いつも……　長い眼で……　痛い！」

「うん　長い眼だん」
「農園を買って　牛飼って……」
オードは　息苦しくなって　ウーっと唸り　うわ言のように言った：〈背中痛い！　注射して！　薬！〉
「黙ってて　いいん」
ヤマトは　オードが口を開く毎に　それだけ　自分から離れて行く　そのように感じた。
オードは　苦痛で歪んだ顔を　左右に　交互に振り始め　口を大きく開けた。ズーズーと　音を立てながら　呻き始めた。顔の動きが　止まった。呻き声も　出なくなった。表情だけが　苦しみで歪んだまま　口が　思い出したように　時々痙攣した。
ヤマトは　横に立ったまま　しばらく　オードを見ながら　考え込んでいた。それから　心を決めたように　俯いたまま　部屋の入口の方へ　歩いていった。滑り戸に　鍵をかけながら　眼を上げ　廊下からの監視窓に　眼を止めた。枕机に行き　布巾を取り上げると　戻ってきて　監視窓の内側の桟に　布巾を詰め込んだ。それから　俯いたまま　枕机に戻った。
ヤマトは　アジサイの枝を取り上げ　花弁を　数枚ずつ千切り取り　上掛けの上に置き始めた。白い上掛けは　真っ青なアジサイの花弁で覆われ　所々に　上掛けの下地が　白波のように覗いた。
白カモメが　２０６号室に飛んできて　窓棚に止まり　時々素知らぬ風をして　部屋の中を覗き込んだ。すぐに　二羽目のカモメが　飛んできて　窓棚の端にとまり　場所の交渉を始めた。

廊下から　滑り戸がノックされ　その音に　二羽のカモメは首を傾げ　部屋の方を覗き見た。誰かが　滑り戸を引こうとしたが　動かず　大きな声で　人を呼んだ。廊下では　数人の声が加わり　混ざって　徐々に騒がしくなり　大きく反響した。

ヤマトは　注射器を取り上げ　それに　容器が空になるまで　薬液を吸い込んだ。それからオードの腕を取ったが　左右とも　痩せて細くなり　全量が入りそうになかった。ヤマトは　注射器を置きオードの腕を　上掛けの下に戻して　傍らの椅子に深く座り込んだ。とつぜんオードの呻きが聞こえヤマトは　椅子から跳び上がって　オードに屈み込んだ。でもオードは　顔を歪めたまま　昏睡しズーズーと鳴る呼吸だけが　まだ生きている証だった。

「聞こえるん？　お前　強いん。お前ん歩き方　お前ん話し方　全部　好きなん」

ヤマトは　涙が頬を伝わるまま　オードに屈み込み　意識の無いオードを見据え　オードに　話し続けていた。

「舌もうまく回らん　俺　そんな俺　好いてくれたん　世界で　たった一人の女の子だもん」

ヤマトは　一瞬ためらって　また続けた。

「初めて言うけん　オド　お前　愛しててんよ。好きなん」――それから　腕を広げて　付け足した‥

〈こんなに　好きなん〉

近くの　二階建ての海水療養所から　数十人の　太った中年女性たちが　浜辺に降りてきた。恐々しく　海水に入って沖の方へ進み　腰の高さで　みな立ち止まって　療養所の方を見やった。声が掛

かり　指導者を先頭にして　両腕で　海水を漕ぎながら　海岸線に沿って歩き始めた。沖では　サーファー達が浮かび　波がくると　板に飛び乗って　海岸に向かって滑り始めた。しかし　中年女性らに近づくと　板から飛び降りた。

会議室では　戸が荒々しく叩かれ　いきなり　背の高い男が入ってきて　バリトンで叫んだ：〈２０６号室に　鍵が掛けられて　中に入れません。すぐ開けて下さい！　何もなければ良いが……〉

ブルトン氏は　緊張した顔を　長い手で拭った。

倫理会議は　そのまま中断され　皆は　ブルトン氏を先頭に　階段を駆け下りた。２０６号室に着くと　ブルトン氏は滑り戸を引き　開かないと　滑り戸を叩きながら　大声で叫んだ：〈ヤマト君　いるか！　戸を開けろ！〉

返事がなく　ブルトン氏は長い脚を持ち上げ　滑り戸の　下側を狙って　思い切り蹴り始めた。

ヤマトは　オードに屈み込み　接吻した。頬から　涙が流れ落ち　花弁を濡らした。それから　上掛けの裾を繰り上げ　注射器を　オードの太腿に差し込み　零れないようにゆっくりとポンプを押した。それが終わると　寝台の横の床に　上向きに寝て　眼を瞑った。

ブルトン氏が　五度目に蹴った時に　レールが壊れ　滑り戸は廊下に向いて　バタンと倒れた。先頭に　デュポン医師が立って　戸を踏み台に　部屋に入って　寝台に走り寄った。オードは　寝台の上に安らかに　横たわり　その向こうの床の上に　ヤマトが横たわっていた。閉じた眼から　涙が筋を引き　床を濡らしていた。

デュポン医師は　医者のいつもの習性から　まず　何か話しかけようと　ヤマトの肩に手を置いて聞いた。
「奥さん　幾つだったの？」
ヤマトは　答えなかった。デュポン医師は　年を聞いたのを後悔し　黙って　ヤマトの肩を　軽く叩いた。ブルトン氏が　デュポン医師を押しのけ　ヤマトを　右腕から抱えて　引き起こしながら言った。
「ここから出よう」
「ほかに　道はなかった」――そして　ヤマトの耳に　口を寄せ　声を殺して　囁くように言った。
ブルトン氏は　ヤマトの肩を担いで　その腕を　自分の首に回し　抱えるように歩き出した。
「外に　一杯　飲みに行こう」
ヤマトは　ポツンと　言った。
「オド　二十七だったん」
二人は　釣り合いの取れない　番のように　びっこを引きながら　階段を降り始めた。
それを　黙って見送りながら　デュポン医師は　横にいた看護婦　マダム　マルタンに振り向いた。
「あの　背の高い男　誰なの？」
マダム　マルタンは　頭を傾げた。
「初めて見る顔だわ」

デュポン医師は　二人が消えていった後　今度は　後ろにいた作業員　マダム　フェイに振り返った。
「あの二人　何なの？」
マダム　フェイは　首を振った。
「何かの虫に　刺されたんでしょ。先生　ヒトって判らないものですね」

十五

幕裏の審理は　十分もかからず　一同は　再び法廷に現れ　夫々の席に戻った。裁判長は　厳かに言い渡した。

「マダム　オード・ド・モンジュの死は　ムッシュ　ヤマト・ニユキがマダム　ド・モンジュの自殺を助けた〝自殺幇助〟の行為ではなく　ムッシュ　ニユキが実行した〝安楽死〟の行為とみなす。よって　被告を有罪とする。ただし　法廷検事の要求より軽い　執行猶予付きの　一年の刑とする」――そして付け加えた。

「原告　つまり反安楽死協会の弁護人は　被告の行為　つまり　人生の灯が消えつつある人に対して行った行為に対し　重罪法廷がムッシュ　ニユキを有罪とする事を望んでいる。当法廷は次のように答える」

裁判長は　書類から眼を上げて　原告側と　被告側を交互に　チラッと見やり　それから言った‥
〈〃是〃である〉――そして続けた。
「当法廷は　被告を無罪とすることはできない。もし　このような安楽死の行為を　合法化すれば　世界の医者に〃ほんの一歩だけ〃更には〃技術性の行き過ぎの波に乗って〃簡単に一線を越すようになる口実を与える。それは生命の尊さを踏みにじるものである。今回の判決が　人生の最期に起こる問題を　進歩させ　将来の指針となる　有為な判決となる事を望む」
裁判長は　更に続けた。
「この種の法廷では　往々にして被告に誠実さが欠けるのだが　ムッシュ　ニユキの場合は　誠実さが滲みでている印象を受け　一種の敬意さえ呼び起こす」
傍聴席の　最後列から　ある人が〃それなら……〃と言い　遠慮がちに抗議し始めた。裁判長は顔をキッと上げて　法廷を一望し　傍聴者席の方に向いて　低く強い声で言った。
「話してはならない！　傍聴者の　意思表示は　禁じられる！」
三十人位の　傍聴者たちは　後席から　何人かずつ　立ち上がっていった。ついに　傍聴席は　総立ちになった。
ヤマトは　女守衛に導かれて　法廷の　通路を通って　出口に向かった。
傍聴者たちは　立ち上がったまま　ヤマトの　退場する後ろ姿を　黙視していた。一人が　躊躇うように　拍手し　モグモグと　何か呟いた。何人かが　それに続いて　拍手した。

裁判長は　投げ出したように　弱々しく注意した。
「拍手してはならない！　拍手は　法廷では　禁じられる！」
傍聴席は　騒めきだし　呟き声が　地鳴りのように　広がっていった。
ヤマトは　出口の方へ歩きながら　考え続けた——不法滞在で　国外追放されれば　オードの灰と
タローを一緒に抱いて　日本に帰れるのだろうか。

離れないで

半曇りの五月、私はテルヌ通りを、午後の薄い太陽を背に、自分の半影を踏みながら歩く。この時間は皆が帰りを急ぎ、忙しく私を追い越して行く。ただ、この男だけはゆっくり歩いている。中肉中背、紺の上着とカーキのズボン、身綺麗で、垢抜けした身なり。

男は十メートルかそこら先で、上着のポケットに手を入れ、小銭を探して身を屈め、路上の端にある、裏返しのベレー帽の中に入れる。横には衣類を重ねた寝場所があり、圧し潰された靴もあるが、肝心の物乞いの姿は見えない。物乞いのいない受け皿にお金を入れて上げる男？　私は急に、この男に興味を惹かれ、男に追いつかないよう、歩調を緩める。

男は〝ダルテイ〟と看板のある、大きな店の前で立ち止まる、浅黒いジプシー風の若い女性、掌を重ねて差し出し、エジプトのミイラのように動かずに立っている。男は上着のポケットをまさぐり、小銭を掌に載せてあげる。男は何かの償いをしようとしているのかも知れない。悔恨がそうさせるのか？

更に十メートルも進むと、道端が駐車場の降口になり、道幅が半分に狭まり、そこに別の物乞いが家財を積み、道幅を更に狭くし、男がそこに通りかかると、半分禿げた金髪を振り回し、チョウチョ取りの網を取り付けた竿を、男の顔の前で泳がせながら叫ぶ。

「お金があったら少し置いて行け！　我らは同じこの世の住民だ！　なかったらくれとは言わん！」

男は立ち止まり、網から顔を逸らしながら、内ポケットに手をいれ、一枚の札を取り出し、網の底に押し込む。お金持ちの田舎紳士？　宝籤に当たった幸せ者？

金髪男は不意を突かれ、一瞬怯むが、すぐに我を取り戻し、男の後ろ姿に向かって叫ぶ。

「お前、良い星の下に生まれてる。きっと神様が加護してくれるぞ！」

男は振り返り、斜めに顔を見せる。私は五メートルと離れていない、思わずハッとする。その顔は無表情なまま、眼だけは私に向けられた。私はそう感じた。しかしすぐに判った。男の眼はどこにも向けられていない。その視線は空中に浮き、顔は荒廃した表情を浮かべたまま膠着し、しかも、何もかもから解脱している。そうでなければ、死者の霊に纏い付かれているのかも知れない。男はほぼ白髪だが、東洋人のようだ。

「俺は明日もここにいるからな！」

金髪男はその男の後姿の方へ顔を向けたまま、皺がかった顔に笑いを浮かべ、竿を左右に回して何か呟く。私が通る時には、竿を振り回すのを忘れている。

私は歩調を弛めて、男との距離を保ちました。私には少し遊び時間がありました。私の今のストレスの多い生活は、何か別の物を求めていました。それで私は、この男をつけて行こうと決心したのです。

男はゆっくり歩き続け、右に曲がり、ポンスレー通りに入りました。そこは金曜の午後の露店市場で賑わい、道の両脇に果物を積んだ屋台が並び、客引き達が男に覆い被さるように叫びかけましたが、男は俯き加減に、まるで別世界の橋を渡るように通り抜け、代わりに私が客引き達に絡まれ、揶揄《からか》われました。男はその道の果てにある、小さなアジア店に入りました。私は時間がなくなっていたので、そこで追跡を諦め、今来た道を、また客引き達に冷やかされながら引き返し、ゲルサン通りに向かいました。

二十二番地の建物のボタンを押して扉を開き、階段を二階に上がり、呼び出し釦を押しました。ジャックはすぐに顔を出し、お互いに〝ボンジュール〟と言い交わし、ジャックの脇の下から娘のアンが飛び出してきて、私に飛びつきました。私は〝月曜から貴方が子守よ〟と投げ掛けましたが、ジャックは答えず、バタンと戸を閉めました。

私が〝判ったのかしら〟と呟いたら、アンは冴えた顔をして

「大丈夫よママ、判んなかったら、聞き返す筈よ」

と言いました。私は〝それもそうね〟と笑い、アンを急がせて、同じ道を引き返しました。あの男がいないかどうか、眼だけにはあらゆる神経を働かせていました。

アンは幸せそうで、陽気に歌を歌い始めましたが、すぐに時を遅らす理由を見つけ、叫びました。

「ママ！　舟が流れてる！」

車道と歩道の間の低部に洗浄水が放出され、並木の菩提樹から落ち葉が零れ、流れていました。先を歩いていた私は立ち止まり、アンに向かって叫びました。

「アン、急がないと託児所に遅れる！」

「行きたくない！」

アンはそう叫ぶと、両腕を組んで体を回し、私に背を向け、そのまま動きませんでした。そして呟きました。

「もっとママといたい」

私はアンの所まで引き返し、手提げを左脇の方へ寄せ、アンを肩の上に担ぎ上げ、私の首の周りに馬乗りさせました。アンがむずかった時に、夫のジャックがいつもそうしたからです。私はアンの両足を摑み、アンは私の頭に縋りつきました。私達は幾つかの和やかな、眼だけ好奇心で射るような顔とすれ違いました。文化国家ではそれは女の役ではないからでしょう。五、六分は歩き、やっと託児所のあるオッシュ通りに入りました。

そして日本大使館の前に差し掛かった時、私はあの男とすれ違ったのです。彼は俯き加減に歩いて来ました。私は男の白髪と横顔を覚えていました。男はプラスチックの袋を邪魔物のようにぶら下げていました。ここで行き過ごしたら、二度と機会は訪れまい、話し掛けてみよう、私は咄嗟にそう思い、行き交った瞬間に、声を掛けたのです。少し引き攣った声になってしまいましたが。

「日本の方ですね！」

男は振り向き、私を見ました。その顔は先程見た、遣り様のない荒廃した表情の中に、軽い驚きを浮かべていました。

「どうして判った？」

私は咄嗟に言いました。

「すれ違う時に、眼を逸らされたからです」

「ハハア、まだ日本の文化から抜け出ていないようだな」

何と尊大な言い方をする男だろう、まず私はそう思って、眼に被さる髪を分けて、改めて男の方に向き直りました。ところが男は私を見ておらず、頭上のアンを見つめているのです。私は一瞬〝この人、何と失礼な！〟と思いましたが、その時、男の顔が微妙に変わっているのに気が付いたのです。その顔は、初めて血が通い始めたように、唇を結んだまま両頬を和らげ、私の英雄スチーヴ・マックイーンがよくやるような、敵意を胡散させるような、柔らかい表情になっていたのです。そして子供用のフランス語で、アンに話し掛けました。

「幾つ？」

「三歳半」

「足がなくなった？」

「違う、くたびれたの」

「日本のお菓子食べたら歩ける？」

「ママ、降りる！」

アンは私の肩の上で体を捩ったので、私は急いで屈み込みました。アンは道路に飛び降りながら、男に尋ねました。

「お菓子って、何？」

男は袋から三枚組の花模様の煎餅を取り出し、アンに見せました。

「一枚は君、一枚はママ、そして一枚は、そうだな、パパ」

「パパは、ジャックというの」

「そうか、いつかジャックにも会えるかな」

「ママがいないと、パパがいるわ。私をお守する番だから」

男は私をチラッと見ました。私は慌ててアンに
「アン、〝メルシー、ムッシュ〟と言った？」

と言いました。アンは申し訳みたいに〝メルシー、ムッシュ〟と呟きました。

少し長くなりましたが、私はこのようにして、この男に巡り合ったのです。でも、巡り合うだけではモノになりません。私はこの男をもっと知って、男の奇妙な態度の根源を突き止めたいのです。

その時に騒々しい車のサイレンが近づいて来て、大使館の向こう隣で止まりました。

「救急車だな」

男は振り向いて呟きました。私はすぐに訂正しました。

「いえ、警察の車ですよ。外国の賓客が着いたのでしょう」

男は〝そうか〟と言って、ボンヤリとサイレンの聞こえた方を見つめていました。私はその時、男の奇妙な行為はサイレンと関係あるのかな、とも思いました。男は私に振り向くと、会話を打ち切りたいように、〝お急ぎのようだな〟と言いました。

「ええ、これから約束がありますので」

しかし立て続けに付け加えました。

「でも、その後は自由です。どこかで夕食でもいかが？」

私はそう言いながら、いつもの女学生に電話して、アンを子守させる事を考えていました。男は一瞬怯んだようで、黙ったままでしたが、それから慌てずに、〝良い考えだ〟と言いました。

私はこのようして、この男と知り合い、しかも夕食する迄になったのです。


カフェ・レストランの〝コック・アンシャンテ〟のガラス戸は開け放され、男の姿が前庭に面するテーブルに見えましたが、男は私に眼を止めると怪訝な顔をして立ち上がりました。

「家で、学生が子守してくれています」

男はアンがいない事にかなり失望したようで、その気持ちを隠すように呟きました。

「子供がいると、家庭の絆を強める」

「子供が家庭を破壊する事もありますわ」

男は固執せず、〝ご主人はジャックだったな〟と言いました。アンが男に夫の名を言ったのを思い出し、私は答えませんでした。ただ、〝ご主人〟という言葉が少し気になりました。

「主人と呼んでよいのか、夫は私の九歳も年下なのです。言っている事が子供っぽく、頼りなくって」

私はつい、愚痴を漏らすような恰好になりました。男は初めて薄く笑い、〝日本の女性は、西洋女性に比べたら、体も気持ちも若いから、ちょうど良い〟と私の愚痴を牽制し、それから〝日本はどちら？〟と聞いて来ました。

私は男が注文したシャンパーニュに口を付け、自分の略歴を話しました。東京の目白で生まれ、幼稚園から近くの学習院に通い、山手線の外に出る事はなく、見合い結婚の後は官庁に勤める夫に付いてパリに来たけど、三年経って夫が帰国する時、新しい世界に目覚めていた私は、離婚してパリに残ろうと決めた。子供がいなかったので、全ては簡単に行くと思い、パリにいるまま離婚手続きを始めたけど、夫は離婚に同意しなかったので泥沼に入り、日本の両親は相手の両親に言い訳が立たないと猛烈に反対し、離婚が成立した時には両親は亡くなっており、私は一人っ子だったので、世界で一人ぽっちになってしまった。パリの商業大学で日本語を教え、生計を立て始めたけど、学生の一人が私に親切で、それが今の夫になり、パリ十七区のクールセル通り二十番地にアパートを借りた――ざっとこのような事を話しました。そして最後に、いま離婚の交渉中です、と付け加えました。

なぜそんな事まで話したのか？　自分でもこの饒舌の言い訳の仕様がありませんが、男の好意を買い付けたかったのと、男の隠れた背景が私をそうさせたのでしょう。つまり、この男からも同じ位の詳細を聞き出したかったからです。しかし男は〝僕は九州の阿蘇山の麓の村で育った〟と言っただけで話題を変えました。

「空が怪しくなって来たな。テーブルを屋内に移して貰い、食事も注文しよう」

そして給仕を呼び、テーブルを移動させ、メニューを見ながら言いました。

「サン・ド・グラス、聞いた事ありますか。サンは聖人で、グラスは氷、つまり氷の聖人たち」

この男、この地に長く住んでいるな、私はそんな事を考えながら、首を横に振りました。その仕草をしながら、私とアンのやり取りを思い、男と私は、私とアンぐらい年が離れているに違いない、とも思いました。

「五月半ば、ちょうど今の時期、急に寒くなり、空が破れるように霰《アラレ》が降ってくる。毎年、間違いなくやって来る。それを過ぎると、もうその年には霜害はなく、農家は安心する」

男はメニューを見ながら、肉か魚か、と尋ねました。私が〝肉〟と言うと、〝オッソ・ブッコは？〟と言うので、大好きです、と答えると、給仕に二人分を注文しました。それは病人を看護する時のような、効率のよいやり方で、殆どいやと言わせない権威を持っていました。

「霰が降りだした」

私は頭を上げ、外を見ました。同時に男の顔も見ました。男の、この世を超越したような、半分は放心したような言い方に、私は人工頭脳と話しているかのような興味を感じました。

「雹《ヒョウ》になってきた。ホラ、あちらで雷が光りだした」

私は男が指さす方向を見やりました。それはすぐ傍のモンソー公園の黒々とした木々の上で、何本もの稲妻が花火のように流れ、公園の青黒い木々の繁った葉の塊を白く照らし出しました。同時に、レストランの前の砂地の庭にピンポン玉ぐらいの氷が音を立てて落ちて来ました。ヨーロッパの稲妻の光と音は日本より強烈です。ヨーロッパは日本より緯度が高いので、空気層が薄い筈で、それと関係するのかな、と思いました。

給仕がやって来て、オッソ・ブッコとパン籠をテーブルの上に置き、雷を恐れるように去っていきました。

「また来ますよ、見てて御覧なさい」

男に誘われ、私は椅子の向きを変えて、男の指さす公園の上の方を見ていると、すぐに次の稲妻が破裂しました。

「ホラ、御覧になった？」

私は〝エエ〟と答えました。

「雲の裂け目に明かりが灯り、太い導管に真っ赤な光が流れ、細い支脈管に分かれ、消えてなくなった。まるで血液が、太い導管から脈管へ分かれて流れるようだ」

でも私の眼には、サテライトから撮った写真で見た、アマゾン川とその周辺の支流のように写りました。

「雲の層の重なりと、雷が破裂し、稲妻がそれらを照らし出して横切る。百何十億年か前にビッグ・

バングが起こり、宇宙ができた時の物凄さが想像できる」

男は〝生〟と〝自然〟に取り付かれている、私はそう思いながら、一方では考え続けました。なぜこの男が、物乞いもいない集金帽にお金を入れてあげ、小うるさい金髪男には札を上げるまでに寛容だったのか。その陰にはどうしようもない悲痛さと孤独が混ざっていました。そして、それが私を惹きつけ、私はこの男に夢中になったのです。彼の悲痛さの原因を知りたいと思ったのです。でもどうやって？

「あの稲妻で見えましたね？　宇宙は全てが無機物と自然の力でできている。ただ、地球だけに、貴女や僕のような生物が発生した。これは何かの間違いだ。所詮は例外であり、遅かれ早かれ、大宇宙の無機物の中に消えてなくなる」

「それじゃ人生は、悲劇ですわね」

「悲劇、そう悲劇だ。人類が懸命に作り上げ、保存して来た文明の遺跡、エジプトやメソポタミアやギリシャ遺跡、書物、絵画、全て消えてなくなる。全て破壊され、宇宙の、顔のない無機物になってしまう運命です。いつかは」

私はまた、ゴロゴロ鳴っているモンソー公園の方へ眼をやりました。雲は何層にもなって厚く、暗く、男の言う自然の力を感じました。

「でも今の処、私の問題は、娘のアンを教育し、勉強させ、ちゃんとした大人に育て上げる事なのです」

「人間には、生きている間は感性がある。ローマの古人が言ったように、今日一日を摘み取れ。今という瞬間の、生きる喜びを汲み尽くす」

ジャックから離婚したら、アンを大人の喧嘩に巻き込まないで、どのようにして人並に育てるか、私はその事で頭が一杯でした。そんな時にジャックは弁護士を立てて、アンが十八歳になるまでの教育費を負担するように要求してきたばかりなのです。私の方が離婚を要求した事への嫌がらせなのでしょうが。

「何世紀か前に、スピノザという哲学者がいた。ご存じですね？」

私は男の次の言葉に用心し、首を横に振りましたが、男は構わずに続けました。

「彼は、人生の喜びは、ある完成度から、より高い完成度に到る際の、その過程だ、と言った。スピノザはユダヤ人として虐められ、四十代で死んでしまった不幸な人。そんな人の説く幸福観が、信じられるかどうか。しかし単にベートーヴェンの〝歓喜の歌〟を聞いて感動し、贔屓のチームが勝って歓喜しても、それはその場限りの儚いもの。後に続く物がないからだ。そう考えれば、もっと実体性のある〝人生の喜び〟には、スピノザの言う奴しかないのかも知れない」

私は黙ったまま、少し考えてみました。男の言う事が少し判るような気がしたのです。それは葛飾北斎を思ったからです。彼は九十歳近くになって、自分の芸術は年を取ると共に完成度に近づいて来た、もう少し生きたい、と言ったそうです。もしそうなら、世界の天才、北斎は、スピノザの考える真の〝人生の喜び〟を達成した、珍しい人間なのかも知れないな、と思いました。

カフェ・レストランの前庭は丸い石ころで埋まり、その前には石とセメントで作られた小さな噴水が、微かな音を立て、その向こう側は灌木で道路との垣を作っていました。男は急に言いました。

「空は暗いけど、まだ十時。こうしていると、コオロギの鳴き声が聞こえ、蛍の光が舞っているような錯覚に陥るな」

この男は一昔前の、阿蘇山麓での生活で焼き付いていた場面を思い出しているに違いない、と私は思いました。実際には、季節外れの小雪が降りだし、垣の向こうを車が通ると、小雪はその前灯に照らされ、浮かんだり、沈んだり、蛍の光みたいに流れるのが見えていたからです。

翌日の新聞に、モンソー公園をジョッギング中の男が稲妻に当たって即死した、という記事が出ていました。どうも、運と不運の差は、大局的に見ると、知らない内に、一瞬ごとに起こっているようです。

私はと言えば、男との邂逅をモノにし、次はいつ会えるかと考え、私のストレスの多い人生に、何か新しいそよ風が入って来たように、心が弾んでいました。

私が男から分厚い手紙を受け取ったのは、それから一週間ほど経ってからでした。そして翌日には、スマホンとパソコンを入れた箱の小包を受け取りました。

＊

男の手紙

貴女という方を知るに到って、僕の今の気持ちを判って頂けるのではないか、という気になり、この手紙を書き始めた。人間とは愚かなもので、所詮は消えてなくなる思い出でも、自分の後に何か残しておきたい、と思うようだ。僕はここに、妻との関係を思い出すままに辿って、それを書いてみて、貴女にお送りしてみる事にした。

最近の習慣で、僕は毎日、ル・モンド紙を開き、政治欄や社会欄やスポーツ欄はそこそこに、〝その日の手帳〟の頁を上から下まで見る。そこでは尊い人を亡くしたばかりの家族が、それを広報する欄で、本人の簡単な経歴や栄誉、儀式の日時や、亡くなった時の年令が記載されるのが普通らしい。若くて亡くなった人の場合には、よく、花はいらないから、そのお金をガン研究の協会に寄付するように、などと書かれている。僕もそれを真似て、この新聞に同じような広報を出した。その時に、最後に僕の住所を入れたら、それは削除した方がよい、後で住所が悪用されますよ、と担当者から注意された。

次にル・フィガロ紙を開き、同じように眼を通した。進歩派の家族はル・モンド紙を選び、保守派の家族はル・フィガロ紙を選ぶそうだが、同じ家族が両方の新聞で広報する例はないようだ。

広報の対象は、殆どが八十代から百歳に近い人達で、偶に五、六十代の人を見つけるとホッとする。嬉しいのではない、亡くなった人の近親者に思いを馳せて悲しくなる。ただ、僕の気持ちは休まったのだ。天寿を全うしないで亡くなったのは妻だけではなかった、と自分を納得させる事ができたからだ。ただ、常に大きな違いが残る。残された近親者は例外なくヨーロッパ人であり、大抵が子供や孫に囲まれて弔われている。僕の場合は、ヨーロッパ人の妻が亡くなり、日本人の僕だけが残された。これは予定外だった。僕は妻より六歳も年上なので、僕の方が先に亡くなるべきだったし、異邦人である僕には、その方が都合も良かった。かくして、この異邦の地で、僕は全く独りぼっちになった。

今でも外に救急車のサイレンを聞く度に、反射的にアパートの窓から、そっと外を覗く。そしたら記憶が蘇って来る。救急車が我が家では止まらなくなったのは当たり前なのだが、十年の間このような生活を続けたせいで、覗くのが条件反射になってしまっていた。

ある日、僕は韓国食品屋からダイコンを買って来て、擦りおろそうと思い、大根おろし器を探した。それを見つけた時、急に妻を思い出した。妻はダイコンを擦りおろす力がなくなってからは、僕を呼んで、僕が擦りおろしてあげていたからだ。僕は大根を擦る手を止めて、呟いた。

「オイ、擦りおろし終わったぞ」

それから涙が止まらず、嗚咽し、炊事場の椅子に腰かけ、最後は声を出して泣き出してしまった。僕は泣く事のほか、他に妻と通じ合う方法を知らなかったからだ。

安息所での三日目の夜、僕が帰る準備をしていると、妻は僕に弱々しく言ったのを思い出す。

「今晩はここに泊まってくれない？」

僕は自分の病気の治療薬を家に置いてきたままだったが、

「ウン、いいよ」

と答えた。妻の言葉が弱々しく、哀願のように聞こえたからだ。妻の痩せた手の甲は、注射針の管で点滴器に繋がれ、管の末端が血で赤く染まっているのを見るのは苦痛だった。その上、看護婦が定期的に採血に現れた。妻は時々、クリーネックスを口に当て、唾を吐いて、血で滲んだ紙を、弱々しく笑いながら僕に見せた。

その日からは僕は家に戻る気をなくし、毎晩妻の寝台の横に簡易寝台を組み立て、そこで寝た。ただ朝になって、安息所が活気づき、神父や看護師や掃除婦が替わりがわりに来る時を狙い、妻を残して急いで家に戻り、薬や朝晩の歯磨きや歯ブラシを持って、昼前には安息所に戻って来た。

妻はパソコンを開いてメールを読もうとしたが、読みだす前に疲れて放棄してしまった。ある日、食事が喉に通らず、僕に食べるように勧めてくれた。僕はお腹が空いていたので、それを食べてしまった。しかし、妻は肺から血を吐いているのだから、血を作る為には沢山たべなければならぬ、という当然の思いに到り、次の日からは妻の食事には手を付けず、僕がフォークと匙を使って妻の口の中に押し込むようにして、妻が頭を振って嫌がるまで食べさせた。僕は自動販売機からサンドイッチを取り出してきて、妻の横で齧った。看護師は妻の残した食事は僕が食べるように勧めてくれたが、僕は決してそれに手を付けず、妻の食事はそのまま廃棄物にされた。

安息所付きの医者が僕の顔を見て〝貴方が帰宅されても、奥様は大丈夫ですよ〟と妻の前で言ってくれ、僕も〝お医者さんがそう言ってくれるけど、君はどう思う？〟と聞くと妻は〝貴方の都合のいいように〟と答えた。その声の中には、僕の知っている妻の強い性格と、夫婦は死が分けるまで一心同体であるべき、という妻の固い信条を知る僕には、選択を許さない響きが潜んでいた。それで僕はその夜も安息所で寝る事にした。

妻は僕の決定には触れないで〝今晩はフットボールの選手権があるわ〟と言った。テレヴィを点けると、レアル・マドリードとマンチェスター・ユーナイテッドとの決勝戦だった。僕は自動販売機からビールを買ってきて、声を張り上げ、陽気に掛け声を上げげた。妻は相好を崩し、黙ったまま観ていたが、その内に疲れたように眼を瞑り、それから眠ってしまったので、僕も続けて観る気がなくなり、テレヴィを消してしまった。

八日目か九日目の午後、妻はトイレに行きたいと言い、ボタンで従業員を呼んだが、従業員は〝ちゃんと、おしめとカヴァーが付けてあるから、そのまま用を足しなさい〟と言い、構ってくれない。

それでも夜になって、どうしてもトイレ用の椅子に座りたい、と妻は言った。つい数日前にできたように、自分でトイレをしたいのだ。妻の手の甲は点滴器に繋がれ、手の甲は赤くなって血が滲んでいるので、痛々しく、妻の体を動かすのが楽ではない。妻の体は痩せ、細々としているので、僕一人で抱え、トイレ椅子まで運べるだろう、そう思って、妻の体を寝台から抱き抱えようとしたのだが、力のない体は、その二倍は重いのだ。僕は妻と一緒に寝台に倒れてしまい、遂にボタンを押し、助けを叫び、やっと助けがやって来たのだが、妻を椅子に座らせる代わりに寝台に戻し、〝そこで用を足しても構わない、その為におしめとカヴァーがあるのです〟と、さっきの人と同じ事を言うのだ。妻はそれができないから苦しんでいるのだ、僕はそう叫んだが、口の中でモグモグと消えてしまった。

真夜中に妻のたっての願いで、再び試み、今度は椅子を寝台の横にくっ付け、妻を移動させるのに成功した。妻は椅子に座ったまま、しばらく泣いていた。血と汗の闘い、そう言うと高貴に聞こえるが、人間の最後はそうではない、普段は余り口にしない、尿と便とにまみれた闘いであり、人間の本質的な代謝にまとわれ続ける闘いだ。

十日経ったか、妻は空気が足りないように、口を開けたまま、ハー、ハー、と音を立てて息をしながら眠り込んでしまった。

妻の若い頃からの親友であるパトリックが、長男のフランソワを連れてやって来た。妻はフランソワの名付け親であり、場合により親代わりになるというキリスト教上の大切な関係で、子供のいない妻には子供の代わりになる子孫である。しかし妻は昏睡状態だったので、パトリックは〝遅かった〟と呟いて顔を背け、廊下に出て、懐からハンカチを出し、肩を震わせながら眼を拭いていた。

僕は漠然と、妻がまた眼を覚ますに違いないと思っていたので、妻が毎晩やっていたように、炭酸ソーダを溶かした水に歯ブラシを浸して妻の口を濡らし、歯を磨いてあげた。しかし妻はもう二度と眼を覚まさなかった。そして、安息所に入ってちょうど二週間後に、呼吸をしなくなった。僕は故意に平静を装い、安息所の女所長に、この家に入った患者の平均滞在期間はどの位か、と聞いたりした。

「平均は三週間です」

たった二週間前、安息所に入った日は、妻はとても陽気で、〝やっと貴方に迷惑をかけないで、設備の完備した療養所に入れるわね〟と言って、快意状態だった。僕も安息所の〝安息〟に相当する〝Palliative〟の意味をしっかり摑んでおらず、妻につられて陽気になっていた。今になって判ったが、安息所とは〝姥捨て山〟の西洋版だったのだ。そんな事に気が付いていなかった僕を、妻はどう感じただろうか。

妻は僕にこうも言った。

「居心地が良くなかったら、また戻ってくるから、折り畳み寝台は借りたまま返さないでおいてね」

僕は〝ウン、返さないでおく〟と言ったが、それが妻の自分自身への気慰めの言葉である事には、僕は気が付いていなかった。それに気が付いたのは二週間後だった。

「シャンプーの瓶に、少し付け足しをしてくれない？」

妻の差し出した瓶には、力がなくなり頭も殆ど洗わなくなった妻には数か月分が残っていると僕は思ったが、風呂場に行って、ほぼ半分ぐらい一杯にした。

「なくなったら、また付け足してあげるからな」

妻のマリアンヌが安息所に入ったのは月曜だったが、その前の日曜日、大混乱が起こった。僕らの二階のアパートに浸水が起こったのだ。七時に目が覚め、炊事場に近づいて、そこから流れ出る水に気が付き、僕は大声で叫んだが、応接間に寝ている妻のマリアンヌからは生ぬるい返事しか返って来なかった。

「洗濯機の幾つもの指示灯が全部赤になっていたので、わたしスイッチを切ったの」

水は閉まった洗濯機の蓋を押し広げ、溢れ出ていた。僕はすぐに水元を探し、それを閉めたら、どうにか水流を止めることができた。しかしマリアンヌは既に反応する気力がなく、

「広間にも水が入ってきたわ」

と他人事のように呟きながら、寝台に横たわったままだった。

急に戸口の呼び鈴がけたたましく鳴り、戸を叩く音が聞こえた。僕が戸を開くと、硬い顔をした男と女が立っていた。一階の小間物売りの店から駆け上がって来たのだ。

「貴方のアパートから、店に水が漏れてきましたよ！　何があったのですか？」

マリアンヌは
「御免なさい、私達二人とも、ガンの患者で、治療を受けており……」

僕は苛々して叫んだ。

「マリアンヌ、それは関係ない！　すみません。大丈夫です。これから水を吸い取ります。大丈夫、僕だけでやれます。手伝って頂く必要はありません！」

僕はそう言って、手伝おうかという二人を戸口から追い出し、戸を閉めた。マリアンヌは息が途絶えたように、黙ってしまった。僕は自分の強い言葉を後悔したけど、マリアンヌを慰める良い言葉が湧いてこず、黙ってしまった。日本語だったら、何か慰めの言葉も言えただろうか。

しかし、まず、早く水を吸い取らなければ。僕は雑巾、幾つもの切れ布、バケツを取り出し、廊下と台所へ投げ出し、水分を吸わせてバケツの中に絞り出し、時には疲れて座り込み、それを何回となく繰り返した。マリアンヌは組み立て寝台に腰掛け、スマホンで電話し始めた。それは保険会社だった。

成るほど、それがこの文明社会では、第一にやるべき事だったのだ。妻がいなかったら、僕はどうしてよいか判らなかっただろう。電話が終わると、妻はスマホンを寝台の上に投げ出し、寝台に長くなって酸素吸入器を口に当て、ハアハアと肩を動かしていた。

マリアンヌのスマホンに電話が掛かってきたのに、彼女が反応しないので、僕がそれを取り上げると、それはパトリックからで、僕はすぐに彼女に渡した。マリアンヌはそれを耳に当て、パトリックからだと判ると、即座に言った。

「来ない方がよいわ」

それからスマホンを耳に当てたまま、しばらく黙って聞いていた。

パトリックは昔からのマリアンヌの家族ぐるみでの友人で、僕もマリアンヌと結婚する前に、彼女から紹介されていた。パトリックはマリアンヌが寝込んでからはほぼ毎週、大蔵省での忙しい仕事の合間を見つけては、自転車で家にやって来て、彼女と話し続けてくれた。マリアンヌは口が軽くなり、時にはホホホと笑うので、僕も嬉しくなって、パトリックがやって来るのを心待ちに待つようになった。それは神父が友人の信者の話しを聞いて上げているような、あるいは信者を慈悲の心で労わってあげているような印象を僕は受けた。大抵は僕の知らない二人の共通の経験を話し出すので、僕はなるべく席を外し、二人だけにしてあげ、自分は別室で自分の仕事を続けた。

安息所に入る一か月前の、八月の初めには、もうマリアンヌの体がかなり弱り、指の動きが悪くなっていたので、マリアンヌは料理人を雇った。料理人はモロッコ人女性で、料理がとても脂っこく、胃に重かった。それでもマリアンヌは沢山の肉切れ、鶏肉だが、を僕の皿に積むので、僕は食べきれず、

「あのモロッコ人の料理は重すぎるので、沢山は食べられない。三切れか四切れにしてくれ」

そう言ったら、マリアンヌは黙ったまま高椅子に座り、その内に肩を震わせ、密に泣いていた。僕

はバカバカしくて知らん顔をしていた。そしたら彼女は言った。

「私が料理が出来なくなったから、あの人に頼んでいるのです」

僕は腹を立てた。

「料理が嫌いだと言っているんじゃない。肉の油煮が胃に重すぎるから、四切れぐらいにしてくれ、と言っているだけだ。バカバカしい」

そして彼女を抱いて慰めようか、どうしようかと迷ったのだが、余りにバカバカしいと思って、それも止めた。彼女が亡くなった今では、僕は泣きたいほど後悔している。

最後になったクリスマス・イヴが近づいた頃、マリアンヌは近くの聖ジョゼフ教会までも歩く元気はなかったので、前日の昼間からテレヴィで、前年のクリスマス・イヴの中継を見ながら、信者たちが歌う、よく知られたクリスマスの曲を聴いた。合間には珍しくラジオも点けて、一緒に〝清しこの夜〟とか、シューベルトやグノーの〝アヴェ・マリア〟とかを聞きながら、僕たちは二人だけでクリスマス・イヴを待った。

他の大家族のクリスマス・イヴを想像したのか、妻は〝二人だけの宵も悪くないわね。本当に神様を近くに感じるわ〟と囁いた後、急に
「私、クリスマスのケーキなんかより、ラーメンが食べたいわ」

と言い出した。僕はミッシュランで三ツ星のシェフが最近、軽食ラーメン屋をセーヌ河岸に開いたのを知っていたので、すぐに住所を調べ、中途半端な時間だったけど、タクシーで乗り付けた。マリ

アンヌは
「本当の日本のラーメンじゃないわね」

と言いながら嬉しそうに食べ、スープは半分飲み込み、

「日本の味とは違うけど、不味くはないわ」

と言った。食べ終わってからはタクシーを見つけるのが大変だった。妻は
「ノートルダム寺院の方に行ったらタクシー乗り場があるわ」

と言った。僕はずっと近い、サン・ジェルマン通りに乗り場があるのを知っていたので、そちらに行こう、と言ったけど、妻は既にノートルダム寺院に向かって歩き出していた。でもヨタヨタ歩きで、とても行き着けそうにない。僕は
「そっちは遠い。こちらの方が近い」

と言って無理に妻を連れ戻し、サン・ジェルマン通りのタクシー乗り場に向かった。そこには何台ものタクシーが待っていた。タクシーが家に近づいた頃、妻は何となく言った。

「火事にあった後のノートルダム寺院を見てみたかった」

妻は敬虔なカトリック信者で、僕は俗人だったのだ。妻をノートルダム寺院に連れて行かなかった事への後悔で、僕は今でも苦しんでいる。

ある日マリアンヌは、僕の生活の灰色の部分に気が付いて、殆ど毎晩、寝台に入った時に、酷く僕を非難した。今では、その時のマリアンヌの気力を懐かしく思い出すのだが、事の起こりは、僕が趣

味半分で日本語で小説を書き、それがパリの日本語の本屋でも見つかり、僕は誇らしく思って、その事を話したからだった。マリアンヌは何冊かを注文して、誇らしく応接室に飾っていた。ところがある日、寝台の上で
「貴方は不貞を犯したのね」

と言い出した。マリアンヌは昔から、夫婦間の不貞は許せない、と繰り返して言っていた。僕を牽制していたのかも知れないが、カトリックの教義からも、非常に重要な事だったのだろう。僕は心当たりはなかったので、

「そんな馬鹿な。何を証拠にそんな事を言うのだ？」

と落ち着いてなじった。

「貴方の小説を読んだら、判るわ」

確かに小説の中で僕は、法学校の若いポーランド学生に誘われた事を題材に使っていた。

「あれは小説だから、架空の事だよ、それが小説というものだ。事実とは関係ない」

マリアンヌはしばらく黙ったままだったが、急に
「あの小説を翻訳させたの」

と言った。

「そんな事に、馬鹿なお金をかけて？　下らない！」

もっと若い頃だが、マリアンヌは友人夫婦の喧嘩を例に挙げ、〝夫が不貞をしたら自分はすぐに立ち

上がって、さよならを言うわ〃とも言ったけど、僕は聞き捨てていた。その頃はマリアンヌは若く、潑剌とし、言わば浮気を起こす理由がなかった。

しかし病気になってからは体力が急に衰え、僕との肉体交渉も絶え、そのような事を言う元気もなくなっていた。一度は僕の上に覆いかぶさり精力を起こそうとしたが、すぐに自分の本心が付いて来ないのを感じ、元の位置に戻って泣き出した。その頃からマリアンヌは、僕の不貞の非難をしなくなった。ただ僕は、マリアンヌに非難されても、彼女が元気である方が遥かに苦痛から逃れることができた。弱々しくなり、非難さえしなくなったマリアンヌを見ている方がずっと辛かったのだ。

僕とマリアンヌは、結婚の後はパリに仕事を見つけたが、マリアンヌが病欠で自宅療養になってからは、先に述べたように、パトリックがよくマリアンヌに会いに来てくれた。ある日、僕が仕事から帰ってきた時、マリアンヌの友人のニコールが遊びに来ていた。

「パトリックはいま帰ったばかりよ。彼は自分の奥さんより、マリアンヌの方が好きなようね」

と言った。それは冗談の筈だったに違いないが、マリアンヌは冷たく
「あんな人と結婚するから、バチが当たったのよ」

と言った。

パトリックは結婚する前、奥さんになるヴィクトリアを僕らに紹介する為、アパートに連れて来た事がある。ヴィクトリアは金髪碧眼の北欧系の女性だが、珍しく小柄で、踵の高い靴を履いていた。マリアンヌはパトリックとヴィクトリアに向かって言った。

「ここでは日本式に生活しているので、入口で靴を脱いで貰っているの」

パトリックは屈みこみ、靴紐を解き、靴を脱いだが、ヴィクトリアは聞こえなかったかのように、靴のままで板張りの部屋に入って来た。もうその時から、マリアンヌはヴィクトリアに対する仮面を被ったような対応を崩した事がない。お互いの憎しみは、可哀そうに、両者に挟まれたあの親切なパトリックが運んで来るのだ。パトリックとヴィクトリアの結婚式に招待された時には、マリアンヌが流産したばかりだという理由を作って、僕らは欠席したのを覚えている。

それ迄にマリアンヌは三回も流産したけど、やっと女の子が生まれ、マリと名付けた。しかし五日後に、僕が風呂に入れている時に体温が下がり出したのに気が付き、すぐに病院に運び込んだ。医者の話ではお母さんのお腹にいる間は膜で保護されて育っていたのに、お腹を出た途端に自活できなくなり、脳に血が上らなくなったらしい。生き延びても脳の障害が残るだろうとも言われ、十日後に小さな命を繋いでいた人工呼吸の管は切られた。

翌週にはマリアンヌの手筈で、近くの教会で宗教上のお別れをした。小さな体が入れられた棺には窓がなく、お別れの顔を見る事はできなかった。僕はマリアンヌに、火葬は嫌だ、と言った。マリの小さな体が、形のない煙に代わって、永久にこの世から消えるのは耐えられなかったからだ。それで土葬にした。場所の空いていた、近くの別の教会の墓地に穴が掘られ、棺はすぐにそちらへ車で移動され、マリアンヌの友人たちが、五十人はいたと思うが、各人に花束が配られ、それを手に、徐行する車についてバラバラに列を作り、皆それぞれの思いに耽りながら歩いた。

皆は穴の底に静置された小さな棺に向かって花束を投げ入れた。僕は最後まで待ち、穴の前に来て花束を投げ入れる段になって、手が動かなくなり、涙が迸り出て、体が震えてきて、穴の前に立ち止まったまま、動くことができなかった。マリアンヌが傍に来て、僕の手から花束を取って墓穴の中へ投げ入れ、僕の腕を取って支えてくれた。そうでなければ僕は体の震えを抑える為に、そこに座り込んでしまった事だろう。

「マリは神様が呼んで下さったのよ」

マリアンヌは涙さえ見せず、僕の耳に口を寄せてそう呟いた。本当にそう信じていたと言うより、そのように自分を納得させていたのは確かだろう。それがマリアンヌの信じるカトリック教の強さなのか。何れにしろ人間、一歳であれ百歳であれ、あの世に行くのは唯一の確かな事だ。

僕は苦痛を逃れる為に、自分がなぜ悲しいのかと冷静に考えてみた。それは、マリの生命が余りに短か過ぎて、僕がマリアンヌと一緒にした経験、ギリシャの真っ青な海、マラソンの起源のマラソン村からアテネまでのコースに沿って歩いた時、余りに暑くて、畑になっていたトマトを盗んで食べ、そのトマトが何と美味しかった事か、広い太平洋にポツンと浮かぶハワイの小さな島に押し寄せる大波、カリフォルニアで食べたマグロのトロ鮨の味、そんな事を経験させてあげられなかったからだろう。しかしマリアンヌも僕も、死んでしまえば、そのような思い出さえも地上から消えてなくなるから、結局はマリの事をそれほど考えて上げないでもよいのかも知れない。宇宙は鉱物から成っており、そこに生物が現れたのは何かの間違いで、そんな状態が永遠に存続する筈はない、と心得ている。所詮は僕らは皆、無機物に戻ってしまう運命だ。マリも同じ宇宙の循環の一つで、何も悲しい事ではない。僕もマリアンヌもその内に間違いなくそうなってしまう。その間に、なるべく芝居を観たり音楽を聴いたり、生き物の持つ感性を最高に享受し、美味しいものを沢山食べて、楽しく生き、満足して亡くなっていくのが人の運命だ。ただ、そう考えると、僕にはまた悲しさが蘇って来る。マリにはそんな機会を作って上げる事ができなかったからだ。

かなり昔の話になるけど、僕がマリアンヌと知り合って一年も経たない内に、彼女は〝それでは結婚しましょう〟と当然のように言い出した。まるで一生の計画をアルゴリズムに組んで、その時期が来たかのように。それはまた、脇から湧いて来る雑観は全て切り捨て、ただ本質的な道を選ぶ、というような、指導者の決定力を感じさせた。

僕はそれは、マリアンヌは結婚するまでは体を許さない、というカトリックの教義を尊重して上げたせいではないか、とも思った。彼女のアルゴリズムの中では、僕の意思は考慮されていない。でも僕にはそれでもよかった。僕は彼女と結婚すると、日本に戻ろうかという迷いを捨て、ヨーロッパの生活や文化に完全に同化できそうだ、そういう将来への希望がそれほど強かったのだ。

マリアンヌと知り合って三度目の逢瀬だったが、マリアンヌは提案した。

「オルレアン市のド・ガル家の家族に会いに行きましょう。ド・ガル夫妻はオルレアンでの私の親代わりで、私の下宿しているアパートの家主よ」

親しい家族に紹介するのは、日本ならまず結婚のお膳立てだろう。僕は大きな自信が湧いてきて、既に旦那気分になって、鷹揚に〝判った〟と答えた。後で知ったが、ド・ガル家はオルレアンの町で一番大きな薬局を経営している裕福な家庭だった。オルレアンのような田舎の中堅都市では、神父さん、軍人、お医者さん、それに薬局主が町の名士らしい。ただ、経済力ではこの順序が逆になるようだ。

マリアンヌの話では、ド・ガル家には薬剤師の娘カトリーヌと、二つ年下の弟パトリックがいた。マリアンヌは〝ド・ガル夫人は私がパトリックと結婚するのを期待しているのよ〟とも打ち明けた。僕がマリアンヌと結婚する事を前提とすれば、その言葉では、僕はそのパトリックと同等に競争して勝利を収める事を意味し、僕に理由もない自信を与えてくれた。

「カトリーヌとは六年間、大学の薬学部で一緒で、いつも二人組になって勉強したの。彼女は内気で旅をしないから、私が一緒に、ジャージー島やスコットランドに連れて行ったの。でも急に結婚すると言い出し、結婚したばかりよ。誰かと付き合っていた形跡はないので、誰かに斡旋されたのでしょう」

それは、日本の上層階級の間でやる見合いみたいなものだろう、と僕は思った。

「カトリーヌが急に結婚する事になった時、私は国際会議で、初めての日本に行く事になっていたの。そこでカトリーヌは私が出席できるように、わざわざ結婚式を遅らせてくれたの」

それほどマリアンヌとカトリーヌは親友で、また、カトリーヌの結婚は、意表を突くものだったと言えよう。

「パトリックはとても優秀で、秀才校の〝ノルマル・シュープ〟を卒業し、次に高級官吏になる〝エナ〟を卒業し、今は大蔵省で働きながら大学で神学の研究を続けているの」

僕は茶化するように聞いてみた。

「それで、君はパトリックが好きなの？」

マリアンヌはそれには答えずに言った。

「パトリックは、神父になる筈よ」

それでは答えにならない。恐らくマリアンヌは節制を知らない外国人の、不躾な質問に面食らったのだろう。僕も、カトリックの神父は、一生を独身で過ごす位の事は知っていたので、それ以上は尋ねなかった。

ド・ガル家に着くと、広間にはド・ガル夫婦が微笑みを浮かべて待っており、カトリーヌと新夫のジャン、それにパトリックも行儀よく座っており、マリアンヌと僕が応接室に入ると、皆が軽く立ち上がって挨拶した。外国人の僕に圧迫感を与えまいとする心遣いが感じられた。ド・ガル夫人は僕の組んだ脚の、少し空に浮かんでいた靴を見て言った。

「まあ、何と素敵な靴な事！」

僕は意表を突かれ、同時に僕の靴の踵が高いのがバレたか、と思い、熱気が顔に上がってきて、組んでいた脚を急ぎ解いた。マリアンヌはすぐに助けに出てくれた。

「オルレアンにいい店があったので、一緒に買ったばかりなのよ」

パトリックは僕がドイツで働いている事を聞いていたらしく、ドイツ語で尋ねてきた。

「フランスに来て、ドイツと比べてどう感じましたか」

まあ、誰にも判る質問で、大した答えは期待していまいと思ったので、僕もなけなしのドイツ語で答えた。

「ドイツに比べると、町の色が明るい事です」

でもこれ以上ドイツ語で続けられたら大変だと思い、すぐフランス語に替えて言った。

「オルレアンには一度、来たことがあります」

実は僕は、ドイツ語よりまだフランス語の方がましだった。マリアンヌも僕を助けてくれた。

「ケイはパリにも住んでいた事があるのよ。ケイは私を知る前にフランスを知っており、私はケイを知る前から日本を知っていた、という訳！」

そこでこの話は終わったが、ド・ガル夫妻とジャンは始終ニコニコしたままで、何も話さず、もっぱらマリアンヌとパトリックが会話し、カトリーヌは控え目に、時々二人の会話に短い言葉を挟み、僕はと言えば、皆の会話が何もかも判るような顔をし、時々相槌を打つのを忘れないように努力していた。

これがヨーロッパに来てから初めての、土地の人々の家族との対面だった。次に対面しなければならない、荒波が予想される、マリアンヌの両親との対面への予行演習でもあった。でも、相手側の両親の失望は誰でも対面する困難で、その上に僕に対しては、外国人への少しばかりの偏見と、心配と、恐れがあるのだろうが、マリアンヌが予め中和しておいてくれたので、何もしくじる事なく終わった事を述べておく。

マリアンヌとは、幾つかの何の変哲もない、しかし忘れる事の出来ない思い出がある。

一つは彼女がチューリッヒの丘の上のホテルに遊びに来てくれた時。キリストの昇天祭と週末を合わせた五月末の連休だった。それは知り合ってから二回目の逢瀬だった。僕の泊まっていたホテルは勤め先の工科大学からそう遠くない丘の上にあり、マリアンヌは僕が勤務中にそのホテルに入っており、僕が仕事から帰ってくると、ホテル前の展望台のようなテラスに荷物を置き、椅子に座って、既に妻のように僕を待っていた。僕は面映ゆい感情と、やっとこちらの人間並みに一人前になれたか、という満足感で一杯だったと白状する。しかもマリアンヌは西洋人で、しかも所謂インテリなので、こちらの誰に対しても引け目を感じていない。これは僕と偉く違う点だ。僕はこの地で働いていると、人種が違うばかりか、言葉が思うように話せないという劣等感から、いつも引け目を感じていた。相手の言う事が判らないと、自分の方が悪いような気になってしまうのだ。

マリアンヌは東洋人の僕と一緒にいる事で、他の西洋人インテリに反抗しているようにさえ思えた。そして友人達と別れる前には、ケイは日本人よ、と付け加えるのを決して忘れなかった。僕はホテルの女将には、東洋から迷い込んだ観光客ぐらいに思われており、命令調に、ホテルの色んな規則を言い渡されていた。マリアンヌはそんな女将に、二杯のコーヒーをテラスに準備しておくように冷たく命令し、荷物を部屋に置きに行った。マリアンヌは本人が気付かない内に僕の仇を討ってくれたのだ。それは田舎者を軽蔑する典型的なフランス人、特にパリジェンヌの態度だったと言える。僕は一挙に、外国人労働者からヨーロッパの知識階級にのし上がったのだ。それが僕にはこよなく嬉しく、少し図に乗って、女将の前でマリアンヌに対し、よく日本人のやる、身内を故意に冷たくあしらう態度さえ見せたように思う。

　僕の部屋は狭くて寝台も小さいのに、マリアンヌの方は大きく居心地もよかったので、二人してマリアンヌの部屋に座り込んだ。ホテルには夕食の設備がなかったので、マリアンヌがパリから持ってきたブルターニュ地方の、バターをたっぷり含んだお菓子類で夕食をすまし、彼女は持ってきたカセットの音楽をかけてくれた。

「ジャック・ブレルがまだ売れ出す前の一昨年、夏休みに大西洋岸の町のナイト・クラブで本物を聞いたの。猿みたいに長い腕と脚をブラブラ振って、顔の表現が豊かで汗びっしょりになり、顔を振ると汗が私の近くに散らばってくるの。その迫力は凄かったわ。このカセットではその場面が表現できないのが残念だけど」

〝離れないで〟という題の歌だったが、実際には歌というより詩を朗読し、それに軽くメロデイを付けている感じで、少し単調だが、とても迫力があり、愛の終わりを告げる文句さえ無視すれば、その夜の抑えた熱情に相応しい歌だった。

　その次はスコットランド民謡の〝ザ・ブレイヴ〟がバッグパイプとドラムで奏でられる曲だった。マリアンヌは笑って立ち上がり、バッグパイプに合わせて部屋の中を小股で行進し始めたので、僕もその後ろについて行進する真似をしたものだ。次はアイルランドの讃美歌〝アメイジング・グレイス〟で、マリアンヌは〝これ、今ではアメリカの第二の国歌になってしまったわ〟と言いながら、曲に合わせ、思い出すように英語の歌詞を挟んでいた。どうもマリアンヌ、これらの音楽で、僕にヨーロッパ文化の初歩を教え込もうとしたようだ。これらのカセットは、今でも大事にとってある。

マリアンヌが自分の部屋で寝ようと言うので、結局は小さな寝台の上で体を向かい合わせて寝た。結婚式までは体に触れない、それが僕らの紳士契約だったので、僕らはお互いの手を握り合ったまま、日本の思い出やフランスでの経験を、時には接吻しながら語り合った。

僕は日本の田舎で、いつも数人でごろ寝し、夏は蚊帳のなかで暑さにまみれ、冬は炬燵に足を突っ込んで寒さを我慢した頃を思い出し、自分はまた何と変わったものだろう、と思った。今の瞬間を自分がこの世に生きている証にしたい、そう思い、一生懸命に、眼の前のマリアンヌの顔、窓の外に見える微かに揺れる木々の葉、木々の合間に見える空、そこに映る町の灯りと無数の星、それらを脳裏に植え付けようとし、絶対に眼を閉じなかった。マリアンヌからは寝息が聞こえ始めた。僕は眠るのも忘れ、ウトウトしただけだと思ったが、朝日の明かりと、鳥達のキュンキュンという鳴き声で眼が覚めた時に初めて、自分も眠っていた事が判った。

その朝はよい天気で、ホテルのテラスで朝食をとった。テラスからは、ケーブルカーの線に沿って植わった樹木の上から、チューリッヒの町と湖が見渡せた。スイスという、アルプス山中に浮かぶ小さな国で、周りには知っている人は誰もおらず、五月下旬でも、ひんやりと冷たい山の気が体に浸み込んできた。雀が近づいてきて、一匹が率先力を示すと、十五羽か二十羽の雀が集まってきて、叢のように僕らの周りに集まった。僕らはパンを齧る度に、その破片を分け与えないと、雀たちは頭の動きと鳴き声で催促した。

「これじゃスイスの雀、太る訳ね」

マリアンヌはそう言った。確かにスイスの雀は、パリの雀より丸々としていた。人間も同じで、スイスの生き物は全て、栄養が行き渡っているように思えた。僕らも充実感に満たされ、すっかり安定した若夫婦と言った感じだった。

僕はマリアンヌと一緒にいて、この地に同化できるという自信が湧き、日本からの帰国の呼びかけも、今の契約制の仕事の不安定さも、将来の心配は全て忘れ、どの国に住むかも考えず、ただ、一人前になった幸せが心の底から湧いて来た。ただ〝今〟だけが存在し、理由のない安心感で心が一杯だった。何しろ、僕もマリアンヌも若さで一杯で、〝今〟の幸せで一杯で、〝今〟に生きれば十分であり、過去と現在と将来の区別は人間の幻想に過ぎない、と無意識の内に感じていたに違いなかった。

翌日はマリアンヌがホテルで予約した旅行社の団体旅行でユングフラウという、空に突き出た山峰に上ったが、実は何も記憶に残っていない。ただ、東洋人は僕だけで、時に好奇の眼が僕に対してではなく、寧ろマリアンヌに注がれていたのを思い出す。

マリアンヌとはその三週間前にも会っていた。彼女がハイデルベルク大学に遊びに来た時には、まだ前に述べたような将来への自信はなかったが、ただ昼間に見るマリアンヌの若々しい、颯爽として、垢抜けした容姿と、恰好のよい体格と、細く長い脚、テキパキした態度、このヨーロッパの地で、僕は大した努力もしないのに、僕の事を思ってくれる西洋人がいる事を発見して嬉しかったのを思い出す。初めて彼女に出会ったのもこのハイデルベルク駅だったが、夜明け前の駅の乏しい赤い光の中だったので、昼間の姿は想像できなかったのだ。その時に、彼女はハイデルベルク大学に留学中の日本人に会うため、大学への道を聞いてきたのだ。それも何かの因縁だろう、ドイツ人にではなく日本人の僕に聞いてきたのだから。その辺が人生の運と、気づかないままに終わる不運の分かれ道だったようだ。

それは兎も角、その時に僕が名刺を渡したせいで、その数週間後に、マリアンヌはフランスでの戦勝記念日の祭日を利用して僕に会いに来てくれた。五月八日。ただ、フランスの戦勝記念日はドイツの敗戦日に当たり、ドイツでは祭日ではなかった。マリアンヌは夜行で来て、朝早くハイデルベルクに着くので、〝貴方の研究室を見つけ、その付近の校庭を散歩している、そしてできれば二人で学食かどこかで食事し、それからまた夕方まで今度は町を散歩している〟と言った。僕が働いている間、ブラブラして僕を待っていてくれる女の子なんて、僕はまだ知らなかった。僕は学生用の独身寮に宿っていたので、ホテルを取るように提案したが、マリアンヌは僕の住んでいる寮を見たいと言って聞かず、結局、こっそり二人で独身寮に潜り込んだ。

今でこそマリアンヌは痩せてしまい、急に白髪になり、声も弱くなってしまったが、若い頃、初めて僕の大学に会いに来た時なんか、同僚のグッドルンが

「見た事のない女の人が、前のベンチに腰掛けていたわ。〝ヒュプシェ・フラウ！〟」

と、〝綺麗な女性！〟を強調しながら研究室に入って来た。僕にはそれがマリアンヌの事だと、すぐに判った。この田舎の大学町では、パリからスカートでやってきたマリアンヌは綺麗に見えたに違い

なかった。この町ではスカートで働く女性はほとんどおらず、ズボンでも、大工みたいな前掛けズボンやジーンで過ごす女性が普通だった。栗色の長い髪に形のよい長い脚をした、背の高いマリアンヌは、この町では目立ったに違いなかった。

マリアンヌはよく他人に

「金髪で大男のスコットランド人と結婚したかった私なのに」

と言っていた。この言葉は、全く対照的な僕と結婚した事に対し、友人たちが不審な、また不埒な、好奇心で回りくどい尋問を、予め断ち切る為の殺し文句だったようだ。相手の更への追及を許さない最もはっきりした言い訳だった。そして必ず付け加えた。

「私はケイと知り合う前から日本に旅行し、日本を知っていたのよ」

僕は黙って聞いていたが、余りに度重なるので、一度からかった事がある。

「そんなスコットランド人がいたら、君なんかを相手にしないよ」

マリアンヌはフランスから僕の好きな生チーズ、〝キャマンベール〟、〝カプリス・デ・デュウ〟、〝モン・ドール〟などを持ってきてくれたので、独身寮に潜り込むと、すぐに食事室の冷蔵庫に入れておいた。しかし翌朝の朝食に食事室に行ってチーズを探した時、マリアンヌは

「アラ、見つからないわ」

と言い、二人で探したら、冷蔵庫の奥の方に置かれ、しかも半分ぐらいはなくなっていた。マリアンヌは驚いたように

「ドイツ人は正直だというけど、隠れたところではフランス人と同じね」
と言った。僕は
「ドイツ人は赤信号で道を横断したりしないけど、パリに旅行すると、土地の風習に従い、平気でそれをやる」
と答えた。それからは二人で、ドイツ人の悪口を言いながら、残りの美味しいチーズを平らげた。
あの頃のマリアンヌの像はまだ僕の記憶の中に生き生きとしていて、それだけ、安息所でやせ細って、言葉もよく話せなくなったマリアンヌを思うと、不思議なほどだ。安息所で十日ぐらい経った頃、マリアンヌは看護に来た看護婦に
「ドクター北村は今日は来ていますか」
と聞いた。ドクター北村は、未だかって会ったことがないが、僕が妻と知り合いになる切っ掛けを作ってくれた医者だ。看護婦は何も判らないで、変な顔をした。僕は急いで看護婦に
「ドクター北村とは、ハイデルベルクにいた医者で、ここにはいません」
と説明し、妻には〝ここはドイツじゃない、パリだよ〟と言い聞かせた。妻も自分の妄想に気が付いて、照れ臭いように顔を伏せ、何も言わずに眼を瞑った。看護婦はマリアンヌの頬を撫ぜ、ドクター北村を呼んで来ますね、と言って部屋を出て行った。僕は妻のここ数か月来変わらない、見慣れた顔を改めて見直しながら、妻の精神状態はどんなに変わってしまったか、初めて気が付いた。マリアンヌは、安息所に入って二週間で逝ってしまった。

僕は世界で一人ぼっちだ、それを強く感じる。僕がマリアンヌと結婚して、この地の世界に同化できたと思ったのは幻想だった。結局は僕は独りぼっちだ。

僕とマリアンヌの夢は沢山の子供を作る事だったが、子宝に恵まれず、マリアンヌによると、それが神様の意思だった。マリアンヌは、神様は不当だと思ったに違いないが、その事に対しても、不服一つ言わなかった。

マリアンヌは亡くなり、僕の眼の前で灰になってしまったが、それ迄は僕は彼女と幸せな時を過ごしたと言える。それがまた、僕を苛む。僕の為に一生を尽くしてくれた女性がいたのに、僕は彼女に十分に報いる事ができなかったからだ。僕はこれから一人で、マリアンヌの思い出と共に、残る人生を噛みしめ、できるだけ陽気に生きて行こう、そう思っていた。その後に、マリアンヌの手帳の中に、彼女のスマホンとパソコンを開く言葉があるのを見つけた。

その頃だ。貴女が僕に話し掛けてくれたのは。

スマホンとパソコンはマリアンヌが安息所に持ち込んで、最後の最後まで愛用したものだ。スマホンはたった三か月前に買い替えたばかりで、そこに最近のショート・メールが残っている。パソコンには、彼女が若い頃に書いた日記を電子文に書き直した文がある。誰の為にそうしたのか、神様への告白か、今となっては誰にも判らない。

その内容はここで述べるより、直接に読んで頂いた方が、僕の今の複雑な気持ちを貴女に判って頂けるかと思う。これらは少し嵩になるので、小包でお送りする。

スマホンは〝130245〟の鍵語で開き、メッセージの絵文字を押し、ヒトの名前が出てきたら、〝パトリック〟の名前をクリックしたら開く。そこにはマリアンヌとパトリックのやり取りが記録されており、パトリックの通信は白地、マリアンヌの答えは緑地の上に現れる。パソコンの方の鍵語は〝MK1974〟。開いたら書類〝マリアンヌ〟を開き、五月九日、六月三日、十一月二四日、それに三年後の五月十二日をクリックすればよい。

僕は明日、ベルギーのモンスという、それなりに大きな町に出発する。そこでは、ちゃんとした理由があれば、医者が致死量の薬品の注射を打ってくれる。電話で聞いたら、僕の場合は問題はない、と教えてくれた。僕はなるべく早くマリアンヌに会って、有難う、と言いたいのだ。御免なさい、とも言いたい。そして、僕が躊躇して出来なかった事、強く強く抱きしめ、接吻してあげる、そう、強く強く接吻してあげたい。

僕には日本に近しい家族はおらず、マリアンヌの方では兄弟姉妹も亡くなり、親戚はいるが、そんな人達より貴女に僕の遺産、いやむしろ、僕とマリアンヌの遺産を引き継いで貰いたい。遺言状はここに同封する。フランスでの遺産相続がどのようになっているのか、知る由もないが、僕には法定継承者がいないので、問題はないと思う。

お読みになった後は、スマホンとパソコンは遺産の一部だとお考えになり、自由に処理して頂きたい。

パトリックとマリアンヌの会話（スマホンのショート・メール）

七月二日（金）

「〝先触れ党〟を作り、オルレアンの市長選に立候補、あの時は愉快だったな」

「貴方が〝エリート〟だったので、人も本気にしてくれたのよ」

「二百票位の差で敗れたのは残念だったけど」

「もっと少なかったと思うわ」

「例の集会で、君は何と言ったっけ」

「〝ただ木を植えるのが能じゃない、日本では土質に合う木を選んで植林する〟。言い過ぎね」

「〝緑の党〟、退場しちゃったものな」

「あれがなかったら、勝てたのかも知れない。御免なさいね」

「いや、お陰で僕は政治から足を洗い、勉強できた。あの頃は純粋で、無心だったな」

七月九日（金）

「君と僕の人生、スレ違いだらけだったな。体裁に拘らず、自然に、素朴に話し合う、そうなれば、こんな誤解や悲劇は避けられた」

「悲劇じゃないわ。私はケイを愛して結婚し、幸せよ。貴方だってヴィクトリアと結婚した」

「若い時は、時間は山ほどあり、いつまでも待てると思うし、思惑もあるし、躊躇も、曖昧さもある」

「貴方は神父になる代わりに結婚した」

「君が結婚したし、もう闇雲だった」

「どう言う意味？」

「それじゃ明日の午後三時、そちらに行く」

七月一五日（木）
「明日は会議がないから、姉のカトリーヌと君に会いに行ってよいか」
「来ない方がよいわ。この前にカトリーヌと来た時、ケイはルブロションの店までお菓子を買いに行ったでしょ？　片道二十分はかかるのよ。ケイもガンで苦しんでいる。同じ事をさせたくないの」

七月二〇日（火）

「君がケイを僕の両親の家に連れて来た時の事、昨日のように思い出す」

「ド・ガル夫人、ケイの真新しい靴の事なんか話し始めたわね」

「あれは母が混乱していたからだよ。君と僕の事を考えたのだろう」

「これは私の人生よ、いつまでも曖昧な状態ではいたくなかったの」

「どう言う意味？」

「言った通りよ」

八月二日（月）

「君は遂に、僕の結婚式には出席してくれなかった」

「貴方が結婚するとは思わなかったから」

「でも、僕の最初の子供の名付け親にはなってくれた」

「私の義務だから」

「あの頃の僕には、人生ではキリストの愛だけで十分で、別の愛が同じ密度で存すると思えなかった」

八月一四日（土）

「君が結婚してから、僕らの進む道は分かれたけど、僕はいつも思い出す。君と僕の姉と、シャンボール城に遊びに行き、昼は城の前の森を散歩し、夜は芝生に寝ころび、鹿が現れるまで待ち、その後に猪の家族が現れ、鹿を追い払うのを見張った夜」

「そうだったわね」

「その翌日、君の両親の家に行き、君の弟も入れて、ブリッジで遊んだ」

「無知で素朴で、もう戻って来ない思春期だわね」

八月二十日（金）

「マリアンヌ、いま君の名付け子のフランソワと二人で二日を過ごしている。週末にパリに戻る。その際に君に会いに行けるか？」

「幸福な二人！」

「だけど、君に会う機会をなくし、少し苛々している」

「土曜か日曜、どちらにしても、私がどんな状態か判らない」

「五分でも構わない」

「今の私の状態では約束できないの。かくの如しよ。リヨンの町を楽しんでね！」

八月二六日（木）

「安息所に入るのは八月三十一日だな？」

「つらい、つらい」

「ウン、思い測れる。僕にやれる事があれば、予め教えてくれ。忘れないな」

「ケイがやってくれるわ」

「僕は休暇で子供たちとリヨンにいるが、時々パリに戻る。そしたら君に会いに行く」

八月三十日（月）
「車でパリに向かう。状態はどう？　午後の初めに会いに行ってよいか、言ってくれ」

「可能よ。だけど貴方は優しすぎるわ！！」
「よかった、最高！」

九月二日（木）
「パリに着いたばかりだ。君に差し支えなければ、すぐに君に会いに行く」
「いえ、長く話せる状態じゃないの」

九月六日（月）
「マリアンヌ、多分、明日の午後の終わり、君に会いに行く。フランソワも来る。でも僕は君と話したい、君とだけ。返事をくれ！」

九月八日（水）
「今から君に会いに行ってよいか？　返事をくれ」

九月九日（木）
「今日、君に会えるか？　返事をくれ」

九月十日（金）

「明日そちらに行く、君に会える事を祈りながら。それじゃすぐに！」

マリアンヌの日記（パソコン）

五月九日（水）

パリ東駅を出たのは一昨日の夜、二十一時発のブダペスト行の夜行に乗りました。翌五月八日の火曜は第二次世界大戦の終戦記念日で祭日でした。この列車はフランスからドイツ南部を横切り、ウイーンを通り、翌日の午後にブダペストに着きます。国際列車と言うのでしょうが、みすぼらしい鉄の塊みたいな列車で、窓は煤で汚れ、外からは列車の中は見えず、全てが黒色でした。しばらくプラットフォームで待たされ、発車時刻の十分前に列車内に明かりが点けられ、やっと乗車できました。

道中はカタンコトンという律動に合わせて、いろんな事が頭に浮かんで来ます。前の週末は、パトリックが〝姉のカトリーヌとルルドに参詣に行くので、一緒に来ないか〟と誘ってくれました。でも、いつかは踏ん切りをつけなければ。パトリックは神を理解しようとし、キリストの生涯を研究している。そのような研究に時間を割くだけのお金と頭を持ち合わせている。私は神様を崇め、その恩恵を求め、将来に沢山の子供を作り、平凡でも幸せな家庭を作る、それが夢。そう、それは使命。女としての私の使命。パトリックから離れて、自分の幸せを探さなければ……。私はパトリックに、外国に旅行するからと言って彼の提案を断りました。パトリックの刻印から逃れる為？　そうかも知れません。しかし私は、私の人生を築かなければ！

名刺をくれたばかりのケイに会いに行こうと思い立ち、電話しました。友人の北村幸雄夫妻はあの日を最後に帰国してしまったけど、ハイデルベルクの町はフランスと違って、未完成の荒々しい魅力がありました。今はケイがいます。

ケイは五月八日はドイツでは祭日ではなく、働かねばならない、と絶望的に言いました。考えてみたら、この日はフランスでは戦勝の日でも、ドイツは敗戦の日だったのです。私はケイの仕事中はそこいらを散歩しているから構わない、と言ったら、ケイはとても安心したようでした。ただ、昼食は一緒にして、ケイの宿舎で一泊する事にしました。


「ライゼパース、ビッテ！」

車掌の尖った命令調の言葉で、私は自分がドイツに入った事がすぐに判りました。フランス側のストラスブール駅を離れたばかりだと思っていたのに、いつの間にか眠っていたようです。またウトウトし始めたら〝カールスルーエ、カールスルーエ〟という声に起こされました。私はその駅で降り、ハイデルベルク行に乗り換え。そこに着いた時は夜明け前で、駅の乏しい赤っぽい光の中で、パリに比べるとかなり寒く感じました。駅の店は開いており、かなりの人が止まり木のような椅子に腰を置いてパンとソーセージみたいな物を齧っていました。ドイツ人は働き者とは聞いていましたけど。

今でも生き生きと思い出しますが、ケイと出会ったのもこの駅で、復活祭の休みの時でした。なので、一か月も経っていません。その時も同じ時刻に着いたのですが、冬明けだったので、もっと暗かった筈です。まだ夜明け前でしたが、土地の人が何人か、屋台のようなパン売り場で食事しており、誰にハイデルベルク大学への道を聞こうか、物色を始めました。そしたら、ホールの真ん中に、誰か待ちながら本を読んでいる日本人みたいな男の姿が見えました。私は反射的にその男を選び、彼に近づき、ハイデルベルク大学への道を聞いたのです。英語でした。〝大学と言っても大きいですよ、どの研究所ですか〟と聞くので〝分子生物学研究所のドクター北村幸雄です〟と言うと、〝その人は知りませんが、建物は知っています〟と言って、懐から手帳を出し、頁を破って行き道を書いてくれました。日本人はすぐに名刺を渡すのを知っていたので、私のを渡すと、男も名刺をくれました。それがケイだったのです。

今日はケイの研究室をすぐに見つけ、その前の公園のベンチに座って、ちょうど雲から出てきた五月の熱い太陽の下で、眼を瞑って、陽の暖か味を感じていました。

姿の見えないケイが傍の建物で働いていると思うと、小さい頃にピエールとソローニュの森で隠れん坊して遊んでいた場面が浮かんできました。ピエールは占領軍のドイツ兵がオルレアンの女性を犯して生まれた子供だと噂され、誰も近づきませんでした。私も一人でいる事が多かったので、すぐ友達になりました。しかしその内に、母親はピエールを連れ、誰も知らない土地へ引っ越してしまいました。

その頃から私は孤独に惹かれます。孤独な人に惹かれます。孤独が人生の本当の姿だし、それが最後の姿だと思うから。ケイにはその孤独の影が付き纏っています。何がそうしたのか？　ヨーロッパの生活か？

話し声がしたので眼を開けると二人の女性が私を見て話しを止め、少し笑ったので、私は思わず立ち上がり、〝グッド・モーニング！〟と声を掛けました。二人は思いがけない英語に驚いたように咄嗟に頭を傾げて挨拶しながら傍の建物中に入って行きました。

ケイは十二時ちょうどに研究室から出てきて、私を見つけると、はにかむように周りを見回した後に私に近づいて来ました。接頬もしないで〝食堂はあっちだ〟と言いました。学食はレンズ豆のスープ、それだけ。確かに栄養分はあるのだろうけど、何と不味いのでしょう。フランスならもっと芸術的に、フォワ・グラとかハムとかを主材にし、レンズ豆は少量を副食として付け加えるに違いないわ。でもケイは真剣に食べていたので、私も美味しいふりし、半分ぐらい食べました。

私はケイの独身寮に、潜り込みました。ケイは少し気兼ねしていたけど、医学薬学部での新入生ストーミングを通ってきた私にはどうって事ありません。何しろ、女の子は真っ裸にされて、マルセイエーズを歌わされたのですから。ケイはフランスの生チーズを褒めていたので、代表的な何種類かを買い込んでいました。前夜に共通の食事室の冷蔵庫に入れていたら、翌朝には半分以上がなくなっていたのは、ドイツでの最初の驚きでした。ビスマルク時代にはこの大学では、ソーセージの問題で決闘したという話ですので、この位の粗暴さは許されるのかも。

パトリックは今日あたり、ルルドからパリに戻って来た筈です。私が家にいないので驚いているかも知れません。

六月三日（日）

昇天祭。私はパリからリヨン経由で、初めてスイスに行きました。ケイへの贈り物として、私の好きなスコットランド民謡の〝ザ・ブレイヴ〟、アイルランド讃美歌の〝アメイジング・グレイス〟、それにジャック・ブレルの〝離れないで〟をカセットに録音しました。ケイはテレヴィもラジオも持っていないので、このカセットで少しヨーロッパ文化の教育をしなければ。

ジュネーヴ迄はパリから汽車で簡単、ジュネーヴはまだフランスの一部みたいな町です。そこからバーゼルを回って、チューリッヒ行きの汽車に乗りました。バーゼルを出ると、そこで初めて国境を越すようで、急にドイツ語を話す乗客が増えてきました。

チューリッヒの駅前には市街電車が通っています。そこからケイが言ったように工科大学方向の電車に乗りました。ケイは働いているので、迎えに来る必要はない、ホテルに行って待っている、と言ってありました。オルレアンの両親から離れて、この未知の場所に立っていると、別の宇宙に入るような楽しみがあり、一人でブラブラしながら時間を失うのは楽しく失われる時と言えるでしょう。

到る所に湖が現れるけど、同じ湖らしい。パトリックが言っていたけど、スイス人は本当にきれい好きなようで、塵一つ落ちていません。私がフランス語で聞くと、どのスイス人も重い訛りのフランス語で教えてくれました。ケイは工科大学からそう遠くない丘の上にあるホテルに泊まっており、毎日ケーブルカーで上り下りして通っていると言っていました。そのケーブルカーの駅はすぐに判りました。ケーブルカーはすぐに降りてきて、それに乗ると五分もかからないで頂上のホテルに着きました。

帳場でケイの名前を言うとすぐに判り、〝部屋をお取りしましょう〟と言いました。私はケイの部屋で寝る積りだったので、ちょっと躊躇しましたが、ここの女将には私がケイと同じ部屋で寝るとは考えられなかったのかも知れません。特に反対しなかったので、彼女はさっさと私に別の部屋の鍵をくれました。あるいはこれがスイス人の几帳面なところで、一人部屋に二人が寝るのは法律違反だと考えたのかも知れません。ケイが悪く思わないか、と気になったけど、ケイには、何れにしろカトリック信者は結婚するまでは体を許さない、と言ってあるので、判ってくれるでしょう。ケイが帰ってくるまでにはまだ三十分はある。私はホテルの後ろにある、林に入ってみました。余りに整頓されているので、野生の林より庭園みたいに感じられ、山の精はスイスでは飼いならされている、と思いました。もう少し不規律である方が息苦しくなく、人間には住み易いのではないかしら。

十一月二四日（土）

私はケイをド・ガル家の人々に紹介しました。勿論、カトリーヌもパトリックもいました。そうする方が私のためにも、パトリックの為にもよいと思ったからです。パトリックは何らかの反応を示すかも知れない。

ド・ガル夫人はケイの組んだ足を見ながら

「何と素敵な靴！」

と言いました。初めて会うケイに対して、その靴を褒めるなんて、よほど気持ちが転倒していたのでしょう。運よくケイは気を悪くしなかったけど。

パトリックは、もっぱら私に話し掛けてきました。いつもより上気した顔をし、声もいつもよりはしゃいでいるような気がしました。でも彼は決して自分の態度をはっきりさせません。人を傷つけないような発言を選び、最後まで選択できる立場を保つ為、決して決定的な発言はしません。それが秀才校での教育だと言われます。彼は二十五歳に過ぎないけど、私は二十七歳で、いつまでもこの状態で生活を続ける訳には行かないわ。彼は例え神父にならなくても、更に五年か六年は研究を続ける事でしょう。いや、間違いなく神父になる筈です。本人はまだ決めていないかも知れないけど、彼の仕草や物腰は、既に神父を思わせます。私は子供を持ちたいので、三十前には結婚する方がよい。

五月十二日（木）

私とケイは一緒に日本に旅行し、ケイの国際会議に一緒に出席し、ケイの日本の同僚たちに〝フレンチ・ワイフ、フレンチ・ワイフ〟と指で指され、奇妙な満足感を感じました。ケイが室蘭で働いている間に私は一人で白老村に行って、アイヌ部落の人々と一緒に自然の神様に祈り、友達になって、一緒に自然の中で踊りました。私がケイと結婚していなかったら、こんな並外れた経験はできなかった筈です。

日本からの帰りに、一緒にハワイに行き、ハレクラニ・ホテルに泊まり、そこの庭園で、広い太平洋から湧いて来るそよ風の下で、踊り子を真似しながら、フーラを踊り、アロハ・ハワイを歌いました。夕日が落ちてしまう前にすっかり疲れてしまい、庭園の外に広がる砂浜に出て、温かい砂の上に一緒に寝ころんで、残った太陽で真っ赤に染まった雲のちぎれを、いつ迄も眺めながらウトウトしてしまいました。青森のリンゴみたいに真っ赤な太陽は、夕日となって海の向こうの水平線に近づく時には、楽に倍に大きくなって見え、それから海の向こうに沈んでしまいました。ハワイは自然の魔法使いです。私たちの結婚生活は毎日が驚きと幸せで一杯です。本当の幸せとは、このような毎日の満足感なのでしょうか。これが、足が地に着いた本当の愛し合い。私は自分を納得させようとしているのでしょうか？　否です。

そんな時に、フッとパトリックの顔が浮かんで来ました。パトリックがヴィクトリアと結婚する、という通知。不思議な事に、私はそれを意外には思わなかったし、ましてや騙されたなんて感じはちっともありませんでした。ただ、私とパトリックの愛は、このまま永遠に続く、と思いました。別の鳥籠に入れられた、二匹のカナリアみたいに。

私とパトリックは同じ文化を持ち、同じ言葉で理解し合い、同じ感性を持ち、私が悲しい時は私に寄り添って私の手を取り、優しい言葉を掛けてくれ、肩を抱いて接吻してくれるでしょう。

おお、私の神様、二人の男を同時に愛する事は可能でしょうか。私は確かにパトリックを愛しています。それはごく自然の、お互いに尊敬し合った愛です。一緒に〝先触れ党〟を結成してオルレアンの市長選の選挙運動を始め、毎夕の会合で討論し合い、夕食を作り、ロワール川の畔でシャブリの白ワインを飲みながら討論した思い出。それは同じ教育を受けた、同じ文化の共同体の中での、お互いに努力しないでも、語り合わないでも相手の心が判る、最も自然な愛でした。

ケイはこの地で生きる為に戦っているので、助けてあげたい。もし私が日本に住んでいたら、同じように、私を守って上げようとする男が現れるに違いありません。それなら、ケイとの愛は自分の選んだ愛と言えるでしょう。私はケイを選んだ後、一緒に、特別の愛を作り上げよう、と話し合った事があります。その愛は国境や文化の境を越す物です。共通の土壌がないので、誤解があり、苦労があり、何度も挫けそうになりました。お互いへの思いやりがとても大切です。それを救ったのは、私たちが教会で、神様の前で誓った決心でした。

自然の愛は、必ずしも最も重要な愛ではないかも知れません。でもそれは最も心に残る愛、私を苦しめる愛なのです。自然の愛と、選んだ愛は、どちらも本当の愛でしょうか。教会の告白室で質問をした時、カトリックでは、神様を信じる人は神と結ばれ、他の人とは結婚しない、それが神父の生活です、と言われました。神父は、私が甘え過ぎている、とでも言いたかったのかも知れません。

ああ、私の人生での二人の男性。二人だけの男性。でも私はケイと一緒になると神様の前で誓いました。私は自分で決心し、ケイと結婚しました。ケイと一生の絆を誓い合いました。そして、結婚したら貞節を守り、忠実に仕えると誓いました。死が二人を分かつ迄は離れない、とも誓いました。少しも後悔はない。ケイも私に貞節で、愛している。私の愛はケイに捧げなければなりません。それは私の使命であり、神の教えに従うものです。それが今の私の宿命で、私はそれに従います。

＊

私はスマホンとパソコンを閉じ、椅子に深く座り直して、しばらくジッとしていました。そのまま机の前の窓から、暗くなりかけた外、車の前灯が行き交う大通りを見ながら、しばらく動きませんでした。立ち上がる気がしませんでした。立ち上がれば、いま組み立てている考えの構造が壊れてしまうような気がしたからです。

今夜は氷の聖人たちも無事に通り過ぎ、五月末の暖かい、夏の近づきを告げる、暖かい乾燥した夕でした。窓の外に見えるカフェでは、多くの客が歩道の上に出したテーブルに座って語り合っており、それは私からは、パントマイムのように見えました。

一方で私は、予期していなかった罠にかけられたような感じに陥りました。一体、あの男が感じたものは、何なのでしょうか。マリアンヌに裏切られたと感じたのでしょうか。マリアンヌの苦悩を助けて上げられなかった事を後悔しているのでしょうか。それとも、マリアンヌがパトリックよりこの男を選んでくれたのに、うまく報いて上げられなかった事を後悔しているのでしょうか。あるいは、これらの疑問が全部一緒に押し寄せてきて、耐えられなくなったのでしょうか。

私の計算では、妻のマリアンヌが亡くなってから、もう半年は経っています。その間、男は孤独でも、言わばマリアンヌの為にも、生き続ける決心をしていた筈です。それが急に、このスマホンとパソコンを読んで、考えが変わり、早く安楽死をして、マリアンヌと一緒になろうと考えたのでした。

　私はアンを連れ出してジャックに渡しに行く時、オッシュ通りに差し掛かって、聖ジョゼフ教会の横を通りかかりました。

「ここに入ってお祈りしましょう」

　アンは〝なぜ〟と聞きましたが、私は構わず中に入りました。

「何のお祈りするの？」

「アンに煎餅をくれたおじさんの為よ」

「あのおじさん、どこにいるの？」

「遠い遠い所に出発したの」

「また会えるの？」

　私はそれに答えるのを忘れたまま、教会の中に入り、誰もいなかったので、最前列に行って座り込みました、アンは祭壇の周りを回り、絨毯の上に座り込み、独り言を言いながら、遊び出しました。私はお祈りの仕方を知らないので、頭を下げたまま、眼を瞑り、動きませんでした。

　ふと、この男にはル・モンド紙に広報を出して上げるような人がいない事に気が付きました。私がやろう、私はそう思い立ちました。私は手提げから帳面を取り出し、文章を作りました。そして最後に、彼の住所を記入しました。

無名の男　パリに死す
この世に　何も残さず
否、彼はこの人生で
最も麗しい物を残した
〝愛〟
マリアンヌへの愛
ヨーロッパへの愛
彼の愛は国境を越え
太平洋と大西洋を越えた
ただ彼の苦悩する魂は
最後まで日本人だった
パリ市・八区・オッシュ通り・三十八番地

私はそれを持ち帰り、清書し、ル・モンド紙の〝その日の手帳〟担当部へ送りました。

# 生きる

一

劇場の中から、観客の群れが、黙々と、羊の群れのように、吐き出されてきた。誰も、話も笑いもせず、俯いて、足許に気を配り、出入口の階段を下りてきた。我々は、観客の群れの中で、バラバラに、劇場の半闇から急に、眩しい街灯の下に押し出された。

人々は、劇場から遠ざかりながら、もう一度、劇場の方へ振り返り、次の予定へ散って行った。我々は、引き潮に取り残された、貝殻の様に、虚ろになって、歩道に残された。

我々は、眼を射るような街灯に、顔を顰め、やっと互いを認め合い、間の抜けた顔で、ノロノロと近寄った。二月初め、乾いた寒さの中で、互いの顔は、吐息の作る薄い靄の中で、微かに揺らいだ。公士は、下手に口を開けば、今の余韻が、雑音で薄まって、取り戻せなくなる、そんな気がしていた。

我々には、次の予定がなく、考えもなく、ただ時間だけはあり、急ぐ必要もなかった。我々は、年齢の緩みが進み、目立って、感傷的になり、すぐに眼が潤んだ。我々は、それを隠そうとして、劇場の、大きなポスターの方に顔を向け、湿った眼で眺めていた。

　ポスターは、観たばかりの画面の一つで、主人公が、ブランコに座って、歌を口ずさんでいた。入る時には、平坦に見えたポスターが、今は、活きた像や声音と共に、潤んで揺れて見えた。ポスター、その一枚の絵の運命が、映画を観る、その時の流れの間に、何と変わってしまった事か！

　何気なく、腕時計を見ると、今さっき、劇場前で落ち合ってから、二時間も経っていなかった。

　事の起こりは、オーピイが電話してきて、公士に、

──〝生きる〟っていう、映画を観に行くが、君も来ないか。

と誘ってきたからだ。

　公士は、映画を観る為に、身支度し、外出するのが、億劫になっていた。劇場では、傍にいる人が、気になり、映画の鑑賞に、邪魔になってきた。それより、家のテレヴィの前で、妻と共に、慣れた低い椅子に座り、脚を組んで観る方がよかった。外に出て、最後に映画を観てから、もう十年は経つ。今でも、覚えているが、題は、〝若き世代〟で、イタリア映画だった。作曲家が、老境に近づいて、若き世代と、自分の現状とを、対比する話だった。それから、十年も経って、公士も、老いた作曲家と、同じ心境になっていた。今の公士には、若い女性は、もはや、仲間ではなく、鑑賞の対象に過ぎなかった。

──ヴェルサイユ市の、太極拳クラブの仲間と一緒だ。

　オーピイは、更に付け加えた。

——二人の女性で、七十五歳前後だ。

公士が、話に乗ったのは、二人の女性、そう言うオーピイの声に、ハニカミを感じたからだ。オーピイに、新しい彼女ができそう？　もしそうなら、無理してでも、付き合わねば！　オーピイは、この年まで残った、数少ない、気の置けない、稀な友人なのだから。

——劇場の名は、〝チャップリン〟で、ダンフェール駅の前。

オーピイと公士は、二十代の終わり、パリ大で、仏語に弱い者同士で、自然に連帯した仲だ。二人とも、根無し草の異邦人、すぐに、親しくなり、助け合った。パリは冷たく、疑い深い街で、パスワード、それを知らぬ異邦人は、現地人に近づく術がなかった。付き合えるのは、社会の異端者同士であり、互いに、冠詞なしの仏語を使って、仏人を批判し合った。

オーピイは、ドイツ北東部の、プロシアの出、体は二メートル近く、焦る事を知らなかった。公士が、彼と知り合った頃、彼は、ドイツ人仲間から、オーピイと呼ばれていた。彼の妹が、パリに来た時、公士が、彼をオーピイと呼んだら、妹は変な顔をした。その時に、公士はドイツ語の辞書を引き、オーピイとは、〝お爺ちゃん〟という、愛称であると知った。オーピイは、その綽名のお陰で、年が経ち、周りが変わってきても、更に老ける事はなかった。

オーピイは、イタリア女性と知り合い、パリ七区の、彼女の素敵なアパートで、同棲し始めた。その女性は、ジュリアと言い、離婚し、成人の子供が、少なくとも二人はいた。ジュリアは、オーピイの二十歳も年上で、友人は、オーピイがジュリアの、ジゴロになったと噂した。友人の多くは、ジュリアを煙たがり、かなりが、オーピイの許から、離れていった。しかし、オーピイは真剣で、二十年間、彼女が逝くのを看取るまで、側を離れなかった。

ジュリアは、九十五で亡くなり、アパートは、相続権により、彼女の子供の手に渡った。オーピイは、明け渡しを迫られ、それ以来、老体に鞭打って、宿探しを始めた。しかし、このオーピイも、年相応に、環境にうるさくなり、気に入る部屋は稀だった。やっと、一か月ほど前、電話で、見つかったと、言ってきた。しかし、最後の最後に、年がバレ、仮の契約は、ご破算になった。パリは、老人の一人暮らしを、許す、そんな優雅な、街ではなかった。

ただし、この国では、法律が、個人の行き過ぎを、見張っている。オーピイには、既住権があり、宿の持ち主は、三月末までの冬季には、既住者を追い出す事ができない。

そんな時でも、オーピイはのんびりし、年のせいか、一抹のストレスもなく、急ぐ必要も感じていないようだ。

駅に着き、公士が劇場に近づくと、オーピイは、並より頭が抜きん出ていて、すぐに眼に入った。その金髪は、今は灰色になり、幾分か、猫背にもなって、背は昔より縮まっていた。

ただ、二人の女性は見当たらず、横には、一人の年配男が、よそ見しながら立っていた。公士は、ここに来たのを、悔やみ始めた。オーピイは、七十代の若老人になって、とみに、独りよがりが増え、思い違いも多くなった。詰まりは、何かやりながら、いつも、次にやるべき事に頭を使い、やったばかりの事を覚えていないのだ。

オーピイは、この奇妙な行き違いに、言い訳もせず、いきなりその老人を、

——同じ太極拳クラブの友人、アンリだ。

と紹介してきた。

相手の方が、握手を求めてくるだろう、そう思い、公士は顔を綻ばせ、相手の出方を待った。この地では、偉そうな顔した方が、率先するし、公士はこの地では、いつも若く見られたからだ。だがアンリは、手をポケットに入れたまま、動かず、公士は仕方なく、軽く頭を下げた。すると、アンリの方は、微かに、笑みを浮かべて、目配せだけで答えた。その後は、年老いた殿様のように、萎んだ眼を、時々瞬かせながら、周りを見渡していた。

公士には、取付く島がなくて、それなら、事を早めようと、公士は二人に、

——中に入りませんか。

と誘った。公士が、窓口に近づくと、そこに掲示で、大人は十五ユーロ、〝シニアは割引き〟とあった。係の女性に、〝シニア三枚〟と頼むと、女性は、三人を一瞥もせず、〝一人十ユーロ〟と言った。公士を頭に、三人続いて階段を上り、入場して、眼の前の扉を押し、中に入ろうとした。すると、アンリが背後から、

——露台の方が観やすいでしょう。

と言い、もう二階へ上り始めていた。それを見て、公士とオーピイは、踵を返し、人波を懸命に逆流し、やっとアンリに追い付いた。階段は、思ったより急で、脚長の、西洋の男の為の、マッチョ時

代の遺産だった。

上る途中、急に脚に痺れを感じ、公士は、手摺にしがみ付き、動けなくなった。元凶は、コレステロール、それが年々、脳血管に溜まり、脳梗塞を起こす。しかし、その治療薬は、公士の、脚の筋肉を苛み、鉛のように重くする。後ろから、オーピイが追い付き、〝大丈夫か〟と公士の片腕を担ぎ、ようやく露台に漕ぎつけた。

アンリは、誰もいない露台の、最前列に、壁際の奥の席を空け、座る身支度をしていた。公士は、それを眼にして、早合点し、

――それじゃ僕が、奥の席に座りましょうか。

と言い、奥へ行こうとした。アンリは、それを見て、手で制し、

――いや、ここには、外套を置くのです。

と言い、外套を脱ぎだした。

公士は、一息入れて、気を静め、胸の底で、悪態をついた。このアンリめ、誤解に基づく、単なる、不運な同行者に過ぎぬ、明日にはオサラバだと。

公士は、通路側に席を取り、オーピイを、アンリとの間に座らせながら、

――君はアンリの友人だからな。

と皮肉った。既に、予告編の映写は、始まっていた……。

二

劇場では、次の上映に列ができ始め、その列で、ポスターが見えなくなり、三人はやっと互いに向き合った。

さて、これからどうするか、三人とも、相手が何か言い出すのを、漠然と待っていた。

「〝生きる〟か!」

最初に、そう呟いたのは、公士で、それがこの英国映画の、フランス語の題だった。

「英語では、何と言うのかな」

そして、自信なく、言った。

「〝Alive〟かな?」

オーピイは、自信なさそうに、答えた。

「〝Living〟じゃなかったかな?」

急に、アンリが、口を開いた。

「この映画、悪くありませんね。主役の俳優に、あの沈んだ眼でジッと見つめられると、こちらの瞼が熱くなる」

このアンリめ、人間らしい言葉を、初めて吐いた! 公士は、アンリに振り向き、媚びるように笑った。

アンリは、公士より少し背が高く、その眼は、牛のように細くて、底は真っ青だった。瞼の下では、皮膚が飛び出して垂れ、頬から下は、皺が目立って、白い髭で覆われていた。灰色の頭髪は、少し薄いのだろうが、地が桃色で、桃色と灰色が混じり合い、よく区別できなかった。

公士は、アンリの壁に緩みを感じ、今こそ、想像上の誤解を解き、和解を図る時だと思った。

「アンリ、貴方は、北方の出身じゃ？」

「ノルマンデイの出です」

「やっぱりね！　眼がとても青くて細いから」

「よく言われます」

恰も、自分の悪癖が指摘され、その内に、それを直したい、そんな感じの答えだった。公士は、これで少し妥協できたか、と思ったが、アンリはそれ以上は乗ってこず、公士は別の話題を探した。

「黒沢明の、〝生きる〟を観ましたか？　この英国映画の原作です」

アンリは、首を横に振り、オーピイは、初めて耳にしたようで、不審な顔をした。

公士は、高校生の頃だった、吉祥寺の、三本立て五十円の地下劇場で、それを観たのを覚えている。やる気ない、町の中堅役人が、ガンに罹り、余命が六か月と宣告され、その間に果せる使命を探した。それからは、町の官僚主義と戦い、説得し、町の指導層を動かし、福祉施設を作らせた。最後には、できた施設のブランコを漕ぎながら、主人公が、〝命短し恋せよ乙女〟と歌いながら、映画は終わっていった。

十代の公士は、受験勉強に付き纏われ、〝死〟と言えば、自殺の他にはなく、それは周囲の偽善者たちを困らす為の、報復手段に取っておいた。自殺の他に、ガンという病気があり、同じく、〝死〟を齎す元凶になるなんて、まだ考えてもみなかった。

英国版では、主人公はブランコを漕ぎながら、スコットランドの、単調で物悲しい民謡を口ずさみながら、映画は終わっていった。

なぜここで、スコットランド？　それは、〝スコット〟は勇敢なのに、悲しい民族だからだ。わずか、五百万の小民族で、多くの、識者や探検家を生み、どこにでも平気で移り住む！　それは、地上のどこにいても、自分の、スコットランドより、住み易いからだろうか。鎖国日本に、初めて英語塾を開いた男、史上初、大和男に嫁いた西洋女、こんな冒険は〝スコット〟の気質なのだろう。

公士は妻と共に、スコットランドの、ダンディー市に、妻が少女時代に滞在した、ボイド夫人の家を訪ねた事がある。

公士は、その時から、なぜか、彼等の風土と、気質に惹かれた。樹木は、よし育っても、森になれず、丘と湖だけの、荒漠とした土地。人間、それに牛と羊、それだけが、やっと生延びる、そんな自然が作った素朴な民！

ボイド夫人は、公士か妻の誕生日には、欠かさず、手紙で祝ってくれ、クリスマスには贈り物も送ってきた。ある年、手紙がパタリと絶え、彼女は、病気もせずに、亡くなってしまった。

ダンカンは、エディンバラの、パブで、ウイスキーを手に、野菜ばかり食べていた。自分で、牛や羊を育て、肉食が、耐えられなくなり、菜食主義になった。そして、バッハを愛し、結婚せず、ウイスキーを手に、血管が破裂し息絶えた。

この二人には、人生は恰も舞台の一場面、幕が退けると、六十そこそこで、あっけなく逝ってしまった。

そんな、荒々しい生き方に比べ、公士には、人生は壊れ物であり、それを撫ぜるように生きてきた。そう思うと、この年になって、〝スコット〟の、冷徹な現実主義に対し、劣等感と羨望を同時に感じた。

公士は、そんな気持ちから逃れたく、その為には、この映画を褒めるより、けなす方が時宜を得ていた。

「この映画の脚本が、イシグロの作であるせいか、話が日本的、えらく感傷的で、少し参りました」

オーピイが、冷やかした。

「君が年を取り過ぎ、感傷的になったんだよ」

アンリは、微かに　微笑んだ。

「それを、英国俳優が、悲痛な顔して、演じ続ける！　僕にはどこか、わざとらしく、思えたけどなあ」

オーピイは、気負った時の癖で、話しはなに、少しどもりながら、強調するように言った。

「最後に、百人もの裏方の名が、長々と流されたけど、誰一人として、立ち上がって、出て行こうとする者はいなかったぞ」

フランス人には、受けたのかな、と、公士は言った。

時計を覗くと、間もなく七時、公士は、オーピイと夕食をと思ったが、さてアンリはどうするか？　オーピイは、何も言い出さないし、仕方なく、公士はアンリに、

「どこに、お住まいですか」

と尋ねた。アンリが、〝自分は帰ります〟と、言い出してくれるかもしれない。

「サン・ジェルマン・アン・レイです」

そこは、パリ郊外の高級住宅地で、パリから、直行電車に乗っても、三十分以上はかかる。

「それじゃ、ここからは、直行電車がありますね」

公士は、そう付け加えたのに、アンリは、まるで聞こえなかったように、反応しなかった。公士は、話を変えた。

「そこから、ヴェルサイユの、道場に通うのは大変でしょう？　直行電車はないし」

オーピイが、アンリに替わって、横から、笑いながら、注釈を加えた。

「アンリは、普段は電車は使わん、車だ、赤い〝ポルシェ〟で通うのだ！」

公士は、アンリの顔を見直し、意外に思った。青い眼は、街の灯を反射して、揺らぎ、人を茶化すように、微笑んでいた。恰も、自分の陥った他愛ない罪、それを、娑婆の天使に語らせ、楽しんでいるかのよう。公士は更に、アンリに尋ねた。

「家では、誰かが食事で、お待ちでしょう？」

「私は今は、一人で暮らしています」

答えは短く、何の衒いもなく、アンリも、六十年世代の離婚組か、と公士は密かに思った。六十年代、学生革命を謀った金持ち左翼、その後、結婚や離婚を繰り返し、今は自適の人生を楽しむ超老人……。アンリは、エネルギー浪費を繰り返し、疲れ、今は老境に到った、そんなインテリの面影を持っていた。公士はようやく、アンリと一緒に食事をしても構わない、そんな気になって、

「それじゃ一緒に夕食しませんか？　僕も一年前から一人です」

と言った。オーピイは、最初からその気だったらしく、すぐに提案した。

「日曜だから、この辺はレストランが閉まってる。レ・アルまで行こう。あそこなら地下鉄で一本だし、〝豚の足〟が年中無休でやってる」

「あそこの〝オニオン・スープ〟は美味しかったな。だけど、レストランの名が〝豚の足〟じゃ食欲を削ぐよ、なあ？」

「ウン、ドイツじゃ、考えられん」

半世紀前、公士が初めてパリに来た頃、当時は、仕事で徹夜はしても、翌日にはレ・アルで夕食したものだ。週末には、ロンドンやベルリンに旅行し、それでも、翌週にはちゃんと、職場に現れていた。つまり、時間が足りない分だけ、活があり、色んな事をやったが、それでも時間が足りなかった。今は、時間には事欠かないが、思うだけで、色んな事をやる前に、時間だけが経って行った。公士はその頃、レ・アルの露天市場が、郊外へ引っ越し中だった、と、当時を思い出しながら言った。

「肉屋が、血だらけの白い前掛けを付け、髭ずらで、皮を剥いだ豚や牛を担ぎ、広場を横行していたよ」

その光景は、日本から来て間もない公士を、肉食人間が、いかに血に慣れており、どこまで粗暴になれるかと怖れさせた。

アンリは、黙って聞いていたが、急に、反対するのではなく、思索するように言った。

「食事するのに、地下鉄に乗るのも、少し面倒だなあ。この辺に開いてる〝レスト〟がないかなあ」

そこには、嫌と言わせない、重みがあった。公士は、太極拳の道場で、アンリが、ゆっくりと踊り出す、その姿を想像した。アンリは、人の話は慎ましく聞くが、信頼はせず、平気で反対の言動を取る、彼の為に慇懃無礼という言葉があった。

それでも公士は、アンリに賛成するように、オーピイに、

「この辺で探す方が良さそうだな」

と言い、彼の顔を窺った。オーピイは、

「君ら、楽天家だな。まあ良い。それじゃ、ダゲール通りに行ってみよう」

と言って、先に立ち、三人は、やっと劇場の前を離れ、ダゲール通りに向かった。

ダゲール通りでは、市場の屋台が片付けられて、空地となり、灯のない暗い通りは、三倍ぐらいに広がっていた。三人は、月の薄い明かりを頼りに、市場通りを、足に注意しながら、並んでゆっくり歩いた。

少し行くと、木箱や屑物が小積みされ、その小山は、箱の影と隙間の半影で、現代芸術を作り出していた。根元には、月の淡い明かりさえ届かず、塵や屑が、薄黒くなって、溜まっていた。公士は注意し、後ろを振り返ってみたが、誰もおらず、三つの薄い影だけが、幽霊みたいに震えていた。そして、最初に白状したのは、公士だった。

「小便する」

オーピイは、誇らしげに言った。

「俺もだ！　二時間も持った！」

アンリは、何も言わなかったが、二人並んで、小山の根元に用を足し始めたら、自分も列に加わってきた。尿の勢いは、昔ほどではなくなったが、確かな音が、乾いた静寂の中で広がるのを、公士は心地よく耳にした。

小山を越すと、歩道は水捌けの為に、微かに、車道に向かって、傾斜していた。公士には、それが気になり始め、知らず間に、体の平衡が崩れ、車道の方へ向かっていた。

「僕は車道を歩くよ」

公士が、そう言って車道に出ると、オーピイは、

「その方が良い」

と言い、アンリも一緒になって車道を歩いた。そこからは、灯のない店舗の列が、まるで、停泊した帆舟のように並び、その果てに街樹が茂っていた。三人は、その街樹を、通り越した。

途端に、煌々と照る照明が眼を眩ませ、瞬いた影から、ガラス製のプレハブのサロンが、濃くなった光の中に現れた！　それはまるで、生きたヒトの温室であり、その中で、人の嵩が発酵し発芽し開花し、笑い声は音を立てずに発散してきた！

それは、路傍の空き地の一端に、恰も、折り紙で折った様な、角ばって簡素で広いカフェだった。巷の若者は、皆ここに集まって、溢れ、陽気で温かそうな、別世界を作っていた。

「どうも、〝生きる〟を観にきてたのは、残された、年寄りだけ、だったようだな」

オーピイは、そう叫んで、笑った。

若者達は、身振り手振りで笑い合い、それが、ガラス壁を通して、無言劇になって伝わってきた。視聴のズレが、一抹の寂しさを生み、公士には、空しい喜劇となって、〝哀れ〟さえ感じた。

公士は言った。

「若者は、まだ無頓着でいるが、青春は、他愛なく去って行き、後で取返しはつかないぞ！」

オーピイは言った。

「それは、年寄りの、小言になる」

アンリは、用心しながら、加わってきた。

「それが判るには、時差があり過ぎ、地球が太陽を、五十回まわる位の、距離があります」

オーピイは、

「ここで軽食してもよいけども……」

と、曖昧な、生温い言い方をし、二人は答えなかった。三人とも、中の雰囲気が陽気であるほど、なお更、自分らを孤独にし、場違いを感じさせる、と警戒していた。いち度、迷い込んでしまったら、当てが外れ、後悔しか残さない、そんな別世界に違いないのだ。

三人は、再び外套の襟を立て直し、歩き続け、類似のプレハブに出くわし、これも通り過ぎようとした。そのとき公士は、カフェの奥に別の戸があり、その奥に電気が灯ったのを見た。二人に、

「ちょっと中を見てくる」

と言い、恰好つけ、重たい脚を早めて、カフェを半走りに突き抜けた。奥戸を押すと、食卓と椅子が綺麗に並んだ奥に、カウンターがあり、グラスがぶら下がった棚を背に、一人の男がグラスを磨いていた。公士は男に、〝食べれるか〟と聞いたら、頷いたので、三人で夕食したいと告げ、外の二人に向いて、腕を大きく回した。

〝レスト〟は、四方の壁に平鏡が貼られ、反射して、店内は角ばって広くなり、前世紀に作り忘れられたアール・デコを思わせた。午後七時、まだ夕食には早すぎ、客待ちで、給仕が二人で、食卓を拭いていた。

〝レスト〟には、奥に長いソファが伸び、その一端は、店の一角に当たり、そこから全貌を見渡せた。三人は、迷わずそこに進み、オーピイは、四角の食卓を二つ合わせ、細やかな陣地を作ろうとした。食卓は、脚が鋳鉄できていて、重く、オーピイはそれを引きながら、〝この野郎、老人を虐めるな〟と呟いた。ようやく、三人の陣地ができ、アンリは、黙ってソファの奥に進み、外套を置く場所を空けて

座った。公士とオーピイは、二つの食卓を押し、ソファに近づけ、痩せた公士は、アンリの横に滑り込んだ。オーピイは、アンリに向かい合って、椅子に座った。

いつの間にか、三個のメニューを抱えた給仕男が現れ、黙ったまま、まだ座り心地を試している三人に渡し、〝これにしろ〟と言わんばかりに怒鳴った。

「今日の〝お勧め〟は〝ブルギニョン風ビーフ〟と〝フィッシュ・アンド・チップス〟」

そして、傍に立ったまま、動かなかった。三人は、無言の内に急かされ、お互いに、でっかいメニュー帳を取り上げ、それを開いた。初めの内頁に、半頁大の紙が貼られ、大きく、〝今日のお勧め品〟と書かれていた。値段の方も、今の時期には珍しく、十二ユーロ、学生や若者には良かろうが、三人の宵の楽しみには向いていなかった。どうもここは、皆に今日の〝お勧め品〟を選ばせ、無駄を省き、食材の仕入れの合理化と、料理作業の効率化を図っているようだ。

三人は、頁を捲ってメニューの細部を調べ始め、それを見て、給仕は〝もう知らんぞ〟という風に、足音を立てて去っていった。

オーピイは、

「あの給仕、まだ摂生の問題を、知らんようだな」

と言い、

「俺は羊と、ジャガイモの惣菜にする」

そして、

「糖尿病には、牛や豚の肉より、羊の方が慈悲が多かろう」

と付け加えた。

公士は〝黒タラの頬肉と人参とカブの煮野菜〟を指さし、

「僕は魚にする、コレステロールが溜らないように」

二十三ユーロ、〝お勧め品〟のほぼ二倍の値段だが、体に悪い油は半分になる筈だ。

アンリは、

「私も同じにします」

と言ったので、公士は、ただ訳もなく、不意を突かれた。アンリが、やっと妥協してきた！　まるで、そんな気になったのだ、同じ料理を選んだだけなのに。

公士は、飲み物のメニューを開け、アンリに、

「ワイン飲みますか？　僕は赤にします。白は胆石を作るので」

と言った。アンリは、

「魚で赤なら、〝シャブリ〟がいい」

と言って、手を上げて給仕を呼び、やってきた給仕に尋ねた。

「〝シャブリ〟の赤は、ありますか？」

給仕は、面倒臭そうに、首を、左右に振って、溜息と共に、

「メニューには、ある物しか、書いてありません」

と答えた。

三人は、顔を見合わせて肩を竦め、再び、飲み物メニューに見入ったので、給仕は立ち去って行った。

公士は、〝サン・ニコラ〟を見つけ、自分を、説得させるように、呟いた。

「ロワール産ですよね、このワインは。味が軽く、芳香があり、値段もそこそこ、僕みたいな小市民向きだ」

そして、

「僕は、〝サン・ニコラ〟の、小さいグラス・ワインにします。十二ミリリットル」

と声を上げた。アンリは、少し考えた後に、反対もせず、ただ、

「私は一つ大きい、十五ミリリットルにします」

と言った。公士は、無視していたオーピイに向かい、

「オーピイ、君はアルコール、飲まないよな？」

と聞くと、オーピイは自嘲するように、

「俺は、いつもの、コカのライトにする」

と答えた。

公士とオーピイは、不愉快な給仕への注文は、土地の人間、アンリに任せようと暗黙に合意し、アンリの出方を待った。そして、ドイツ人の堅実なユーモアで、オーピイは、アンリを急かした。

「アンリ、君のフランス語には、訛がないからなあ」

アンリは、手を上げて〝給仕〟と呼んだが、反応がなく、声を張り上げたが諦めて、両肩を竦ませて言った。

「これがフランスです」

その時に、オーピイの携帯が鳴り、オーピイは、〝例の女性たちだ〟と言い、地下への階段の方に立って行った。

二人になると、アンリは背を伸ばし、何かしら、口を動かしながら、〝レスト〟を見渡し始めた。その格好は、穴から顔を現した、モルモットを思わせた。公士は、それを見ながら、これから、彼と何を話そうかと、軽いストレスを感じていた。

「太極拳、きつい運動なんでしょうね」

アンリは、宙に浮いていた眼を、公士に向け直し、言った。

「年相応に、動きを、遅くも早くもできます、問題ありません。私も八十になります」

自分の方が、年上なのだ、公士は、そう言おうとし、身を乗り出した。だがアンリは、相手に無関心で、まるで、呪文を唱えるように、そのまま話し続けた。

「十五年前に妻を亡くし、仕事も止めたので、自分で何かやらないと」

公士は急いで、介入した。

「僕も妻を、亡くしたばかりです」

アンリは、それが聞こえなかったかのように、平坦に言った。

「私は医者で、妻は薬剤師でした」

アンリは、周りの人間を走り回らせ、本人は、超然として、平気でいる。公士に、アンリの心境が、読めてきた。医者というのは、日本でもフランスでも、常に先生で、人の話を聞いてはあげるが、いつも自分が正しいと思っている。冗談は、誤解を生むので、口にしない！　その上、公士の亡妻も、薬学専門だ。公士は、彼との共通点を見つけ、殆ど叫んだ。

「薬学！　僕の妻も薬学でした！」

だが、この聖なるアンリは、公士の試みた、呼び掛けにも応じず、自分の話に執心していた。

「妻は六十歳の時に脳梗塞を起こし、それ以来、車椅子の生活でした」

アンリは　口の端から　涎が　尾を引いて落ち　手の甲で口を拭った。

公士も、血管にコレステロールが溜まり、妻の死後、脳梗塞を起こして、両脚の動きが鈍くなっていた。

「一緒に買い物中、妻は車椅子で道路に出て、車に跳ねられ、亡くなりました」

公士は、相槌を打ちそうになり、思い止まった。

「六十四歳でした」

アンリは、食卓の上の涎の跡を、紙の布巾で拭いた。公士は、僕の妻はガンでした、と言いかけ、口を噤んだ。アンリの独白が、平坦な語調で、続いたからだ。

「私と妻は、大学で同学年で、同じ二十歳で結婚しましたが、子供はいません」

公士には、息子が一人いたが、それを言うのもよした。

「妻の亡くなった時に、私は仕事を止めました」

公士は、アンリが医者を止め、何年経ったのか、頭の中で、計算しようとした。

「あと一年働いておれば、年金は満額もらえたのだけど……。そのお陰で年金は十パーセントも削られました」

それから、クックックッと低く笑ったが、それは、後悔ではない、軽い皮肉を含んでいた。

「往生する時には、妻の好きな歌を聴かせながら、見送りたかったのに、それができませんでした」

アンリの、思いがけない言葉に、公士は、冗談なのかどうか、彼の顔を見直した。

「それが、私の一番の後悔です。薬も買って、全て準備していたのですが」

「薬？」

食卓の上で、上体を肘で支えたまま、アンリは、専門家らしく、事も無げに言った。

「時が来たら、鎮静剤を飲ませ、神経筋肉の阻害剤を与える予定でした。そしたら、私と一緒に歌を聴いている間に、安らかに、微笑みながら、去って行けたでしょうに」

「どんな歌ですか？」

「セルジュ・レッジアニの歌です」

そして、歌の出だしを、低く、囁くように口ずさみ、ふいと詰まって声を切った。

「知ってますよ、その歌。〝あなたの娘は二十歳になった〟でしょう？」

アンリは頷いた。

「この曲は、子供のない妻に想像を膨らませ、病気になっても、嬉しいのか寂しいのか、それを聴くたびに、何とも言えない微笑みを浮かべていました」

公士は、子のない夫婦の、夫婦愛の強さ、それを想像しようとしたが、すぐに断ち切られた。

「けれど、まだ元気な頃に、ヴィエトナム娘と知り合い、自分の娘みたいに可愛がり、病気になってからも、彼女と一緒の時は、妻はとても幸せそうでした」

アンリの言葉は、トボトボと滴るようになり、それでも、途切れる事はなく、公士が介入する暇はなかった。

「そして……」

何かを、思い出そうとし、アンリが、話を途切ったので、公士は急いで言葉を挟んだ。

「僕には、息子が一人います」

アンリは、それに反応せず、眼は焦点を失い、思い出の靄の中で、彷徨っていた。公士は、構わずに、続けた。

「妻は、カトリック尼の経営する家に入り、そこで亡くなりました」

アンリは、チラと公士に眼を戻し、微笑み、それからまた、思い出の中を探し始めた。

「隣の部屋では、六十歳ぐらいの卑しからぬ女性が、戸を開けたまま、半身をベッドに起こし、いつも本を読んでいました」

アンリは、探すのを諦め、食卓の上で、腕を組み直して、公士に眼を戻した。

「訪問客はおらず、本人は静かに本を読みながら、ただ、死が来るのを待っているのです。死ぬ事を、少しも恐れない、高雅な、超人間なのでしょうね」

アンリは、手先を少しだけ動かし、紙の布巾で、食卓の手前を拭った。

「しかし妻は違いました。いつまでも生きようともがき、声が出なくなるまで僕に話しかけようとしました」

「その方が、人間らしい」

「痰を吐くと血が混じりだし、僕にそれを見せ、血がなくなるから、たくさん食べて血を作らないと、ね、と言いました」

「ご尤もです」

「僕はヨーグルトを、妻の口に押し込んだり、豚肉を削り、細切れを食べさせたりしましたが、それも段々と、通らなくなった」

「人生の最期には、お腹がすかなくなる。肝臓や腎臓が働かなくなりますから」

「そうでしたか」

「自殺幇助、安楽死、この国では、何れも禁じられています」

「自殺幇助？」

「医者は薬を準備するだけで、患者が自分の意思で薬を飲むのです」

「安楽死とは？」

「医者と患者が協力して実行します。患者には自殺ですが、医者には殺人です。なので、国によっては、自殺幇助を認めるけど、安楽死は認めません」

考えてみると、妻が苦痛を訴えた時、暗黙に、自殺幇助か安楽死、どちらかの処置を受けていたのではないか？　それに、看護婦は食塩水だと言ったが、あの点滴、あの中にはかなりの鎮痛剤、モルフィンが入っていたのではないか？

「アンリ、自殺したいなんて、まだ死に直面していない患者が言う、戯言ではないでしょうか」

「と言うと？」

「自分の死際は、自分で自由に決めたい、とは気高い意思ですが、そこまで考えられるのは、患者がまだ本当には死には直面しておらず、チャンと生きている証拠だと思います。生きている人を殺すのは殺人です」

「そうかも知れません」

「そんな戯言が信じられ、殺されてしまうのは困る！　妻は苦しみながらも、死にたいなんて、一言も言わなかった。昏睡状態になる間際まで、僕の手を摑んで、生きたい、もっと生きたい、と呟いていました」

「なので、最も適切なのは、やはり対症療法でしょうね」

公士は、意味が判らず、ホー、と言った。

「食べ物と水分を上げるのを止め、鎮痛剤を少しずつ与え、苦しまないで死ねるようにします」

「それ、療法なのですか？」

「その間、一緒にいてあげ、話してあげ、患者の名を呼んであげる。患者が去って行く間に、愛情を、生きている事を、一人ではない事を、感じさせてあげる。残る日は、伸ばしてあげれないから、残る日の間に、生きている喜びを、なるべく沢山、吹き込んであげるのです」

「苦しみだしたら？」

「眠る時間を増やしながら、死に到る薬の量を、少しずつ増やしていきます」

「残酷な！」

「治すのではなく、苦しさを和らげてあげるのが、対症療法の目的だからです」

確か、公士の妻の入った尼の家は、陰で、対症療法の家、とも呼ばれていた。

「つまりは、〝墓場への待合室〟みたいなものですね？」

「そうかも知れません」

「でも僕は、感覚的に対症療法が何かよく分からず、妻が口を開けたまま喘いでいるので、調理場からヨーグルトと砂糖を貰ってきて、妻の口の中に塗り捲りました」

「その事も、予定しています、対症療法では」

「妻が使っていた、スポンジにハッカ油を含ませた歯ブラシを使って、苦しそうな口を濡らしてあげました」

「貴方も、参加したのです、対症療法に」

「それ、全ては、無駄な行為だった？」

「無駄ではなく、貴方には、必要だったのです」

「医者は、どうしてちゃんと、説明してくれなかったのだろう」

「説明しても、貴方は、止めなかったでしょう」

「夜の十一時ごろ、見舞いにきた息子と、近くに、韓国料理を食べに行きました。その時にその家から電話があり、妻が息を引き取った、と言われました」

アンリは、半身を起こして、背を伸ばし、口の唾液を飲み込んだ。

「今となっては、取返しのつかない僕の後悔は、その時に妻のベッドの横にいて、手を握って見送って上げなかった事です」

「奥さんは、既に昏睡状態だったのだから、後悔するには及びません」

「その内に、空の上で妻に会ったら、許しを請おうと思っています。そして、生まれて初めて、〝君を愛している〟と言ってあげたいのです」

「言った事がない？　そりゃ酷い！」

「日本には、そんな言葉はありません。妻も、それ知っていて、僕に〝愛してる〟なんて、言ってくれた事ありません」

「そりゃ強い！　奥さんは」

「それに近い事が起こったのは、僕が息子を連れて日本に行ったとき、〝あたしの人生での、ただ二人の男性〟という宛名で、手紙をくれた事でしょうか」

オーピイが、電話が終わり戻ってきて、二人を見て、不審な顔をしながら、自分の椅子に座った。

その時に、給仕がやってきたので、三人は黙り、アンリは慎重に注文し始め、給仕は頷いて去って行った。

アンリは、軽くオーピイに眼配せし、それから、再び公士に向かって、トボトボと話し始めた。

「まだ一年なら、喪失感が大きいかもしれない」

「翼の一つが、もぎ取られた、そんな感じで、まだ治せないでいます」

「自殺するか、そうでなきゃ、生き続けるしかありません」

「英国人みたいに、夫婦でスイスに行き、お金を払い、心中安楽死を処方して貰う、それも一つのやり方ですね」

「でも、勇気が要ります、英国人なみの」

公士は、子供のいないアンリを想い、さっきから、慰めになる言葉、そんなものを探していた。

「ところが息子は、僕とは、えらく違うのです」

アンリは、〝息子〟という言葉に、急に、緊張感を解き、他人事を聞くように、青い眼を泳がせた。

「火葬の時、息子は妻が大事にしていた、ハワイの思い出、マツモトのかき氷を食べている写真を、棺の上に置き、妻と一緒に焼いてしまったのです」

アンリは、助けでも求めるように、オーピイの方に、眼を向けた。

「そして、小さい頃、妻が歌っていた子守歌を歌いながら、啜り泣きを始めました」

これからが、子なしのアンリに、公士が、捧げて上げたかった、小話だった。親子、その関係の、危うさ……

「ところが、その直後に、息子は、僕と亡妻を残し、アルプスに出掛けてしまいました。やっと、時代の交代が終わった、とばかり、淡々として、いや寧ろ清々として！　僕には、〝イマ〟の事件なのに、息子には、過去が然るべく収まった事件のようなのです」

オーピイは、俯いて、携帯に何か打ち込み中で、アンリはボンヤリ、それを見ていた。

公士は、オーピイの携帯を見て思い出し、話し続けた。

「ただ、彼の携帯の中に、妻の電話の録音が残っており、それを見つけ、僕に送ってくれた。これだけは、良い事をしてくれた」

同時に、オーピイとアンリは、公士に眼を向けた。

「その声を聞くと、妻がまだ生きているようで、心が震えるのです。写真を見る事では得られない、思い出が蘇ってくる」

「でしょう」「だろう」

アンリとオーピイは、殆ど同時に、そう言った。

「でも、二度目に聞くのが恐くなり、まだできないでいます」

アンリとオーピイは、向かい合ったまま、互いに、胸の辺りを、見合っていた。

「亡妻が、寝る時に首に巻いていた、襟巻、その匂いを嗅いで、オヤスミを言います。これ、薄い絹で、汗で、ボロボロですが、洗わないでいます」

二人は、黙ったまま、俯いた。

「面白いものですね、人間って。眼で写真を見るより、耳で声を聞き、鼻で香りを嗅ぐ方が、失った者を活き活きと再現できるのです」

アンリは、脚の凝りを解くように、腰を上げ、それを眼にして、公士は話を途切った。アンリは、その隙を捕え、言った。

「私の母親は、近くに住んでおり、その面倒を看るのが日課でしたが、母親も九十六歳で亡くなり、やる事がなくなりました」

「人生は、本質的には、悲劇ですね」

と公士は言った。

「いや、もっと積極的に考えた方がよい」

「と言うと?」

「幸せに生きるには、努力を要します」

「努力ね、それ、才能なのかもしれませんね」

と公士は言った。

「常に、悲劇から抜け出す努力をし、まだ生きているという、単純な幸せを楽しむように、努力するのです」

公士は、揶揄う気で、幾分か、皮肉を込めて、

「それで太極拳を始めたのですね？」

と言った。

「しかも、ヴェルサイユ市まで行って！」

ヴェルサイユ、その言葉に目覚め、オーピイは、人権を宣言するように、声を高めた。

「〝ポルシェ〟！　それが、それだ！　ポルシェは、第三の年代者を、ウ、ウ、勃起させ、それを走らせると、ウ、ウ、絶頂に達するのだ！」

「ヴェルサイユ市まで、何分かかるのですか」

と公士は、アンリに聞いた。

「三十分です。パリ近郊では、速度は百までしか出せないので」

公士は、フィアット製パンダを買い、もう二十年、妻が亡くなってから、殆ど使っていない。パンダも、公士と共に年を取り、偶に乗ると、分解しそうな音を立てるので、速度は六十に限っていた。

給仕が、大皿を二つ抱えて現れ、ゴトンと、アンリと公士の前に置き、踵を返し立ち去った。そう思ったら、別の大皿を持って現れ、ゴトンと、オーピイの前に置いて、黙って立ち去った。それら食

事が、奉納であるかのように、三人は、手を付けないで、傍観していた。

そこに給仕が、ワイン瓶とコカ瓶と、グラス二つ、それにコップを一つを、盆に積んで現れた。ワイン瓶は、コルク栓が既に抜かれ、グラスには、それぞれの中程に、白い磨り線が見えた。給仕は、ワイン瓶を傾け、グラスの、磨り線ちょうどまで、ワインを満たした。次に、コカ瓶を股に挾み、あちこち、上着を叩いて、何かを探し始めた。やっと、栓抜きを見つけ出し、右手で、股に挾んだ瓶から、蓋をこじ開けた。左手で、股に挾んだ瓶を取り、卓上に置き、右手では栓と栓抜きを、盆上のワイン瓶の横に載せた。

給仕が、盆と共に立ち去るや、アンリが、溜息つくように、呟いた。

「何と、フランス的な、効率の良さ！」

公士は、呆気にとられたまま、付け足した。

「そして、この愛想の良さと、サーヴィス精神！」

オーピイは言った。

「効率は、愛想度とサーヴィス精神に、逆比例する」

そして、肩を竦め、身を正して、二人に言った。

「何れにしろ、得るものは得た！　さあ行こう！」

三人は、〝健康の為に〟と呟き、杯を上げ、少し啜り込んだ後、ナイフとフォークを取り上げた……。

# 三

雰囲気が、微かに揺るいだと思うと、向かい隅に、二人の男女が近づき、荷物をソファに抛り出す。二人とも、携帯を手に掲げ、そのまま、食卓とソファの間に、巧みに滑り込む。公士は、相手の若さに惹かれ、食べながら、見るともなく、彼らに眼をやった。

少年は、まだあどけなく、思春期の、黄金色に輝く頭髪を、右手で梳き始める。その頭髪も、大人になれば、今の色が、金色の輝きを失い、しがない褐色に変わるのだろう。その内に、白髪になるか禿るか、公士は、それを想像しながら、若者の顔に重ね合わせた。

少女は、髪を金髪に染め、分け目に、褐色の毛根が、目立って見える。若い女性が、毛根の色を見せるのは、今の、社会偏見に対する、反抗のようだ。

給仕が　いつの間にか現れ、黙って、二人に顎をしゃくり、二人は早口で捲し立てる。給仕が去り、二人連れは交互に、アルプスの、スキー場の名を、幾つか挙げる。若い男は、携帯を操作し始め、耳に当て、声を殺して話し始めるが、その声は段々と上がる。

「高すぎる！　学校のスキー休みの前だから、安くできませんか」

時に、相槌打ちながら、また声を低め、宿らしい相手と、値段の交渉を始める。若い女性は、

「別の宿に、当たってみるわ」

と言い、自分の携帯で、操作を始める。

給仕が、料理を両手に現れ、声を一段上げて、射るように叫ぶ。

「ビーフ？」

少年は、携帯を耳にしたまま、手を上げ、肉塊を入れた深皿が、男の前にゴトンと置かれる。肉塊は、横に広いばかりか、皿の上で、天井に向かい、三角形に伸びている。公士は、脅威の眼で見ながら、ボンヤリと、本日のお勧め品の、〝ブルギニョン風……〟だろうと思った。

給仕は、調理場へ引き返し、すぐに、厚ぼったい揚げ物と、大きな紙袋を持って現れる。別のお勧め品、〝フィッシュ……〟で、紙袋から、角揚げジャガイモが、珊瑚樹みたいに飛び出している。それを、少女の前に置き、給仕は、無言でサッサと、立ち去ろうとする。

少年は、給仕を呼び止め、手真似で、口に運ぶ振りをし、給仕は頷く。すぐに、小籠を持って現れ、それを、食卓に置いて、踵返しに立ち去る。

小籠から、バゲットの切り片が覗き、三人は、バゲットの香りと、息吹さえ感じた。〝レスト〟では、パンは無料なのに、三人には、パン食の習慣は、陥りやすい悪癖だった。それは、危険な塩と糖を含み、年代者の、血圧は上げるし、糖尿も起こすからだ。

少年と少女は、やっと携帯を手放し、まず、パンを取って横に置き、それからフォークを取り上げる。

アンリは、二人の方へ顔を向け、その眼は、釘を打ったように、ジッと動かなかった。オーピイは、体の向きを変え、足を組み、奇妙に無邪気な顔で、笑みを浮かべ眺めていた。公士の方は、自分と似た体格の若者が、あんな量を、どのように平らげるか、ぼんやりと見守っていた。

オーピイが、体の向きを元に戻し、二人に、遠慮がちに、

「俺ら、何を話してたっけ？」

と囁いた。

アンリは、頭を左右に振ったが、それは、〝忘れた〟と言いたのか？　若者達に〝呆れた〟と言いたいのか？

公士は、今になって、気が付いた。壁の鏡は、〝レスト〟の端々まで、隈なく映し出している。〝レスト〟は、既に一杯になり、雰囲気は、知らないうちに、若い世代へ移っていた。公士が、時計を覗くと、八時半、先ほどカフェにいた若者が、皆ここに集まったのか？　三人は、青年や壮年に囲まれ、自分らが、中に混じっているのが、滑稽にさえ思えた。斜め前の、調理場の横に、冴えない、幾つかの席が、まだ空いてはいたが。

オーピイも、後ろを振り返り、〝レスト〟が、既に一杯なのを見て、二人に提案した。

「そろそろ、コーフィー注文し、飲んだら、ここをオサラバし、ネンネしようじゃないか？」

その時、ヘルメット姿の二組の男女が、調理場横の、冴えない席に向かって、金属音を立てて近づく。

男二人は、ヘルメットを外し、床に置き、皮の上着を脱いで、各々の椅子の背に掛ける。女二人は、ヘルメットを外すと、男に渡し、男は自分のヘルメットに、重ねて押し付ける。彼女らは、申し合わ

せたように、長い髪を、一振り回転させ、両手で束ね始める。

三人は、新しい侵入者たちに、気が散って、コーフィーの注文を忘れ、ボンヤリと眺めていた。

男の一人が、床に置いた潰れた袋から、手探りで、折り畳んだ地図を取り出し、机の上に広げる。そして、右手で地図を掃いて、皺を伸ばし、地図の上の一点を指し、声を上げて言う。

「シカゴはここだ」

それから、会話は雑音に変わったが、合間に、〝スプリングフィールド〟と、微かに公士の耳に入ってきた。その名が、聞き取れたのは、中学生時代に、こっそり観た、西部劇のせいだ。公士には、平凡だが優雅に聞こえる、その町の名が、ゲーリー・クーパーに変わり、ガキの夢に戻っていった。

スプリングが、フィールドと合わさり、日本語でなら、池と原か池と田か、それとも春日と原に当たるのか。平凡過ぎて、この名の市や町は、アメリカに、六十か七十はあるらしいが、バイカーならミズーリ州のそれしか知るまい。その町を、突き抜ける道路が、例の、ルート66の、呼称の発祥の地だからだ。

給仕が来て、男は地図を畳むが、四人は、給仕が渡したメニューも見ず、しばらく討論している。それから、隣の二人連れを横目で見て、頷き、給仕に何か言い、給仕は頷いて引き去る。四人は、再び地図を広げ、その上に、四つの頭を集め、また囁き始める。

給仕が二人、満載の盆を持って現れ、例の給仕は、〝ブルギニョン風……〟を、男二人の前に配る。別の給仕は、〝フィッシュ……〟を、機械的に、卓上で空いている、女二人の前に置く。連れ同士は、中身を分け合い、終わると、声を掛け合って、貪るように食べ始める。

公士は言った。

「あの四人、四月の復活祭の休みに、アメリカ横断をするようですね」

アンリは頷いて、

「車でかな？」

と言った。オーピイは笑いながら、

「いや、あの恰好ならオートバイだろう」

と言った。公士は、

「ルート66を走るようです。シカゴから、スプリングフィールドやグランド・キャニオンを経由し、ロス・アンジェルスに到る、アメリカ横断のルートです」

オーピイは言った。

「あの、ナット・キング・コールが歌った、ルート66か？」

アンリは独り言みたいに言った。

「何キロぐらいあるのでしょうね」

「最低でも、十日はかかる、と言っています。オートバイで、一日に四百走れるとしたら、四千キロ、か」

食事の途中で、経験者らしい男が、急に、忘れ物したように、大きな声で言う。

「グランド・キャニオンでは、テントで寝る。寝袋は〝デカトロン〟で、いい奴を売ってる」

「テントは、こないだの奴、持っていくのか？」

「そうだ。忘れるな」

「ロス・アンジェルスまで、まあ二週間は見ておこう」

「でもラス・ヴェガスでは、二泊はしたいな」

それから、また声が消える。

アンリは、テーブルから身を起こし、出し抜けに、

「若き世代！」

と呟いた。オーピイは言った。

「青春！　まだ先が長く、終わりは見えない」

アンリは言った。

「年を取り、死が近づくのは、まだ、他人の問題に過ぎないのでしょう。しかしながら、しかしながら……」

公士は言った。

「人生は、死もその一部とみなせば、一生続き、その一生は永遠に続く」

オーピイは言った。

「もう、コーフィーを頼むのは、止めようじゃないか？　子供と、第三の年代者は、そろそろ失敬す

べき時だ」

公士は、アンリに、振り向いた。

「貴方の車では、百三十キロ……」

涎が垂れだし、公士は慌てて、口を噤んだ。

「〝ポルシェ〟には、それが望ましい速度です」

「ノルマンデイまで、ドライヴしませんか」

アンリは少し考えて言った。

「家には犬がいます」

「犬も連れて行けばよい」

「じゃ、問題ありません」

「ポルシェには何人乗れますか」

「前に二人、後ろに三人です」

「オーピー、今日来なかった女性に、電話しないか？」

「何と言おうか？　二席空いてるから、とは言えん！」

「次の月曜に、ノルマンデイまで、ドライヴする！　ポルシェでだ、と言った方がいい」

二人は、疑わしそうに、半分は、成り行きを楽しむように、顔を公士に向けていた。

「そこに着いたら、まずモン・サン＝ミッシェルの、頂上まで登り、そこの教会で、神様に挨拶します」

「それが礼儀でしょうね、最低の……」

そう言いながら、アンリは慌てて、口許を掌で覆った。

「それから、砂浜に降りて、アンリの犬と、砂浜を駆け回り、疲れたら足を海水に浸し……」

公士は、ガキの頃の、能登半島の、回廊みたいな砂浜と、大西洋の、運動場みたいな砂浜を、重ね合わせながら、あり得ない夢を画いていた。

「それから、それから、そこの草地で育てた、塩の効いた羊の肉を食べましょう。コレステロール、糖尿病、糞くらえです！」

「分かった。日帰りか？」

「百三十キロ出して、ルートA13を走れば、日帰りできる」

オーピイは、良しと言って、席を立ち、静かな場所を求め、手洗いへ降りて行った。

公士はアンリに言った。

「僕が、交代で運転します」

「いや、三、四時間なら、私が訳なく、百三十キロで、走らせます」

アンリは、他人に運転されるのが、嫌らしく、公士は、

「それでも結構です」

と答えた。

オーピイが、座席に戻りながら、右腕で親指を立て、大きく笑った。そして、座りながら、尋ねた。

「どうして月曜なんだ？　月曜は明日だぞ！」

「気が変わっちゃいけないからだ」

オーピイは、あまり納得しないまま、フムとだけ答えた。

「月曜は、道が空いてる。月曜に、パリからモン・サン・ミッシェルまで、日帰りでドライヴする、そんな馬鹿はいまい」

「それじゃ、今日は早く帰らないと、もう十時だ」

公士は言った。

「明日の出発を祝い、シャンパーニュ、飲みませんか？」

アンリは、

「それじゃ、カップを三つ注文しましょう」

と言い、給仕に向かって、腕を挙げながら、声を張り上げた。

「カップ三つ！」。

その声は、掠れてしまい、〝レスト〟の、雰囲気の地音の中に、消えてしまった。だが給仕は、アンリの挙手に気付き、右耳に、右手を当てて、顔を顰めた。オーピイが、〝カップ三つ〟と叫び、給仕は、腕を挙げて、頭を上下に振った。

公士は、軽い興奮を鎮めようと、思いを、何か些細な事に、散らそうとした。〝グラス〟と〝コップ〟

と〝カップ〟か、なるほどワインの杯は〝グラス〟、コーラの杯は〝コップ〟、シャンパーニュの杯は、一段上がって、〝カップ〟になる。

給仕が、シャンパーニュを、カップ三つ、八割がた満たし、盆に乗せて持ってきた。それらを、食卓の上に並べると、そそくさと、調理場の方へ、戻っていった。

「ノルマンデイ民謡で、こんなのを知っていますか」

そう言って、アンリは半身乗り出し、初めのくだりを、メロデイを付けて、小声で歌った。オーピイは、勿論だよ、と答え、公士は、頷きながら、でも歌詞まではね、と答えた。

アンリは言った。

「歌詞はどうでもよいのです、途中から、ラララララと言って誤魔化せます」

オーピイは言った。

「折角だから、ここを出る前に、それを合唱しようじゃないか」

「それじゃ……」

と、アンリは言い、

「最初のくだりは〝私のノルマンデイをまた見たい、この郷が私を生んだのだから〟です」

三人は、俯いて声を殺し、小声で繰り返した。

「次に、同じメロデイで、〝ラララララ　ラララララ〟を二回繰り返します」

三人は、また小声で、繰り返した。

「そして、最後のくだりは〝私のノルマンデイにまた行ってみたい、この郷が私を生んだのだから〟です」

三人は、更に小声で、繰り返した。

それから、健康の為にと囁き、互いに、カップを取り上げ、杯を合わせた。アンリは、手が震えたので、三つのカップは、調子の合わない、小刻みな響きを残した。公士は、何気ない風を装い、カップの、最初の雫を、舐めるように口にした。しかし、杯を持つ手は、勝手に、痙攣するように、震え始めた。

公士は、痙攣を止めようと、カップを、食卓に置いて、替わりにメニューを取り上げ。尤もらしく言った。

「歌い出したら、追い出されるでしょう。勘定は、食卓の上に、置いておきませんか？」

三人は、料理とカップの値段に、更に、少し多めに足して、食卓にお金を置いた。

オーピイが、食卓を手前に引き、公士とアンリは、食卓とソファの間で、やっと立ち上がった。公士とオーピイは、外套と首巻を引っ掛け、それから、アンリの身支度を待って、食卓の周りに起立した。三人は、半飲みのカップを、チンと合わせ、それじゃ行こうと、眼で合図をした。

アンリが、掠れた声で先導し、二人は、急いでそれに次ぎ、どうにか声を合わせた。

「J'aime à revoir ma Normandie,
C'est le pays qui m'a donné le jour」

公士は、近くの席から、敵意ある、警戒の眼が、降りかかるのを感じた。

「Là là là là, là là là là,
là là là là, là là là là」

オーピイは、悪戯っ子みたいに、掌を丸め、ラッパみたいに、口に付けて言った。

「歌いながら、このまま行進し、そのまま、帰ってしまおう！」

そう言うと、横の通路に出て、公士と、次のアンリを待って、足踏みを始めた。公士は、通路に出ながら、慌てて、脚が縺れてよろけ、傍の椅子の背を摑んだ。少女の声が、〝大丈夫？〟と聞こえ、下から、逞しい腕が、公士の肩を支えた。公士は、礼を言いながら、振り返ると、アンリは立ったまま、足踏みしていた。アンリは、オーピイの残した杯を取り上げ、飲み干し、やっと通路に出て、三人列を作った。オーピイは、〝行くぞ〟と囁き、鋭く、

「Vormarsch !」

と叫んだ。オーピイは、腕を大きく回転させて、打ち下ろし、矢を射るように、出口の方へ向けた。振り付けは、無意識の内に、ビスマルクの、プロシア軍の行進、そんな様相を呈した。ヘルメットは、仮装の鉄兜であり、頂点は、槍先みたいに尖って、教会の丸屋根を思わせる……

公士とアンリは、この〝進め〟の声と共に、オーピイに倣い、漸進し始め、最後のくだりに入った。

「J'irai revoir ma Normandie,
C'est le pays qui m'a donné le jour」

〝レスト〟の、若い客層は、何事かと、不快そうに、顔を振り向けた。そして、三人を認めると、当惑し、次第に顔がほころび、慈悲の彩さえ浮かんだ。

歌は、初めのくだりに戻り、三人は、歌の緩いリズムに、懸命に歩調を合わせた。年と共に、三人の歩調は、小股で、小刻みに早くなり、やっとヨロツキを抑えていた。

「J'aime à revoir ma Normandie,……」

三人は、〝レスト〟の出口に近づき、ガラス戸に、オーピイの姿が、映って見えた。その、温和な顔は、懸命に、笑いの迸りを、押さえ付けていた。後ろから、アンリがトボトボと、歌い続け、二人はそれに合わせ、次のくだりに入った。

「Là là là là, là là là là,
là là là là, là là là là」

奥の方で、食卓がざわめいて、誰かが、大きな声で、野次を飛ばした。

「若者よ、トワに若くあれ！」

周りに、ドッと笑いが起こり、途端に、〝レスト〟の隅々から、野次と拍手が湧き起こった。外側の、カフェの中には、まだ、人が何人かおり、同時に振り向いた。三人は、最後のくだりに入り、歌いながら、カフェを突っ切り、外に向かった。

「J'irai revoir ma Normandie……」

外に出るや、振り向きざま、公士は、

「アンリ、僕は……」

八十二歳なんですよ、と言い掛け、口を噤んだ。

アンリは、カフェの出口で、照明を、まともに受け、真っ青に見えた。口の端から、涎が尾を引き光って見えた。二つの、青い眼が、潤んで、海の小波のように、小刻みに揺れた。涙の粒が、頬を伝わり、途中で、頰の皺に捕まり、そこで止まっていた。カフェの照明が、サイケデリック調に回転し、その粒は、鮭の卵のように、ダイダイ色に輝いた。

公士は、また言い損なった。

# あとがき

この本は、『VIKING』をお読みになった和田悌二さま（一葉社）のご提案により、実現することになりました。

一葉社の編集人 和田悌二さまと大道万里子さま、そして『VIKING』の編集人 田寺敦彦さま、同じく発行人 永井達夫さま、有難うございました。

それに『VIKING』の例会（評論会）の皆さま、皆さまのご批評ほど糧になるものはありません。若い頃、文芸評論家という人がいるのを知り、批評するのなら、なぜ自分で書かないのか、と思ったことがあります。しかし今では、モノを書くことと批評することは、全く異なる感性または見識に基づくことが判りました。

それから、佐々木康之元教授、教授は私を『VIKING』に導いて下さったばかりか、いつも適切なご助言を、与え続けて下さいました。

そして今は雲の上の、松本昌次さま、私の最初の本を編集して下さったご恩は忘れません。
最後に友人 松本進介くん、本の装丁を有難う！

２０２４年11月８日

内田謙二

初出一覧
最初の日本人　『VIKING』883号、884号（２０２４年7月、8月）
離れないで　『VIKING』871号（２０２３年7月）
生きる　『VIKING』874号（２０２３年10月）
※単行本化に際し、加筆修正しました。

**内田 謙二**（うちだ・けんじ）
韓国釜山市生まれ。東京大学卒業後、フランス政府技術留学生として渡仏。パリ大学理学博士。欧州特許及び商標弁護士。現在フランス在住。
著書に『不適応者 ——日本の続き』(2022、一葉社)、『巴里気質・東京感覚』(1986)、『ヴィンテージ・カフェからの眺め』(2009)、『チャオとの夜明け』(2013)、妻ジュヌヴィエーヴ・エルヌフとの共著・補訳に『英語への旅』(2014、以上・影書房)、『増補新版 英語への旅』(2022、一葉社)、『日本人の心を旅する』(2023、書肆侃侃房)がある。
E-mail : kuchida17@gmail.com

**最《さい》初《しょ》の日《に》本《ほん》人《じん》**

2025年2月13日 初版第1刷発行
定価　2000円＋税

著　　　者　内田謙二
発　行　者　和田悌二
発　行　所　株式会社　一葉社
〒114-0024　東京都北区西ケ原 1-46-19-101
電話 03-3949-3492 ／ FAX 03-3949-3497
E-mail : ichiyosha@ybb.ne.jp
URL : https://ichiyosha.jimdo.com
振替 00140-4-81176
装　丁　者　松本進介
印刷・製本所　モリモト印刷株式会社




ISBN978-4-87196-095-3

## 内田謙二の本

必然としての
横書き小説

# 越境する
# 優しい違和感

定価 2000 円＋税
四六判・232 頁
ISBN978-4-87196-088-5

内田謙二 補訳
ジュヌヴィエーヴ・エルヌフ 著

# 英語帝国に
# 抗う問題の書

定価 2200 円＋税
四六判・272 頁
ISBN978-4-87196-086-1

一葉社 発行